因为你，我懂得了爱

By

Cindy Li and Theron J. Parker

© 2023（中文版本）由 Theron J. Parker 和 Cindy Li 共同编著。版权所有。本书内容，无论部分或全部，未经作者或出版商事先书面许可，不得以任何方式复制，发表或转载，也不得在任何信息存储和检索系统中存储，除非是报纸、杂志或期刊为撰写书评而进行的简短引用。

首次印刷

本作品中出现的所有角色均为虚构。如有与实际人物（无论生者或逝者）有雷同，纯属巧合。

献词

此书，献给安娜塔西娅以及至尊水疗中心的所有女士们。你们的故事激发了我创作这本书的灵感，也给予了我无尽的启示。感谢你们让我有机会通过你们的故事感受人性的温度和光辉。在此，我向你们表示深深的敬意和感谢。

T1

导读

本书的诞生源于她的启发，她的出现让我对爱情有了更深刻的参悟，她的贡献，难以用言辞表述，只能在文字的流淌中，留下微妙而深远的印记。我们相遇在一面镌刻着那句铭文的墙壁前，铭文的深邃引发了我对爱情的无尽探索。我常常在思考，有多少人曾驻足在那里，静静地读过它，并因此心有所动，灵有所悟。他们是否也在那邂逅了生命中的某个人，就如同我遇见她一般？

然而，在大多数情况下，生命的奇迹并不那么直接明了。它们常常隐藏在微妙的巧合和似是而非的情境之中。

当我回首那句铭文时，我试图回想起与它相遇的每一个细节。我当时穿着什么衣服，空气中飘荡着何种芬芳。我的心跳是否因激动而加速？脚下的大地是否仿佛在震颤？我的双腿是否短暂地失去了知觉？我是否完全被那一刻的感动所吞噬？或是我是否在努力寻找恰当的言辞去解读这份深不可测的感动？

随后，我的思绪悠然地流向了那位我曾邂逅的女子。她来自何方？她的面容是什么模样？她的眼眸与秀发是何种色彩？她身披何种华服？她向我传递了何种眼神？我们又互诉了什么衷肠？虽然我无法详细回忆起关于她的一切，但我知道墙上的铭文与她的邂逅促使我深度探寻爱情的本质。爱不仅仅是对伴侣的柔情、对孩子的宠爱，或是对曾向我们伸出援手的人的感激之情。爱，是我们与他人分享的一份超越时空的礼物，它如同繁星般在我们的生命中永恒闪烁，赋予我们的生活更深厚的意义和更绚丽的色彩。

Table of Contents

第一章

回忆

追溯往事，每一个深深印在心底的相遇，如同静谧湖面上荡漾的涟漪，唤醒了我无尽的回味。如今，随着我步入人生的暮年，我不禁反思那些曾经明智或是误入歧途的决定，它们如同石匠的锤炼，塑造出了今天的我。尽管我对现在的自己充满自信和满足，然而，挂在客厅墙壁上那句铭文令我陷入了沉思，上面写道："因为你，我懂得了爱。" 仿佛被一种难以名状的力量牵引，我的思绪逐渐汇集，开始涌向那段充满曲折但却神秘的岁月。那天，我第一次遇到了安娜塔西娅。

她的名字在风中细腻地低语，给那天赋予了一种奇妙的气息。那一刻，我仿佛初次揭开了生活的面纱，开始以崭新的视角看待这个世界，墙上的铭文也仿佛是为我独自镌刻的。我们那天的对话，如今沐浴在回忆的金色光辉中，每每想起，我的嘴角都会微微地露出笑容。

那天她的美丽如磁石般吸引了我，阳光跃上她的面庞，似乎与她的笑容共舞。她身上流淌出的快乐似乎唤醒了我生命中的每一个细胞，让我兴奋不已。 她坦诚地讲述着自己的幸福与美好，那份从内而外的愉悦让我好奇，引发我去寻找她的喜悦之源。她的回答虽然充满神秘，但是那句"因为你，我感到幸福。因为你，我变得美丽。"让我感受到了爱的真谛。于是，当她询问我第一次看到她的感受时，我选择尽可能地诚实回答，因为这或许是表达爱的唯一正确方式。

我们的对话如溪水般流淌，话语如丝般织出一张微妙的网，将我们紧密地连系在一起。她的魅力无法抗拒，我发现自己完全被这位女士所吸引，她如同从那墙上的铭文中落入凡间的女神，以一种既优雅又神秘的气质，悄无声息地走入了我的生活"。美丽的女士，"我轻轻低语。"你是否喜欢我的评价？"

"你觉得我美？" 她反问。

"是的，我确实这么认为。我能感知到你从内心散发出的美。它从你的心灵的深处涌出，宛如泉水般滋润，无论你走到哪里，周围的环境和人都会被你的美好所灌溉。"

"谢谢你。我是安娜塔西娅。"

"我是伊桑，很高兴遇见你。你住在附近吗？"我积极地追问。

"我住得不远，喜欢来亚特兰大市中心，结识新朋友，看着熙熙攘攘的人们从一处涌动到另一处，享受着生活，着实令人着迷。伊桑，你住在哪里？" 她开朗地问道。

"我住在迪凯特。在周末，我喜欢来市区闲逛，欣赏这里的繁华景象，品味城市之美。" 我回答。

此刻，我被这位女士的风度所吸引。她富有魅力，我渴望更深入地了解她，希望能与她共度美好的午后，和她有更多的交流。

"安娜塔西娅，你和谁同行吗？"

"是的，伊桑，我现在和你一起。" 她顺势反问，"你有看到墙上的铭文吗？"

我点点头："我看到了。我想知道它在那里多久了。

她微笑着回答："已经有好几个月了。这是你第一次注意到它吗？"

"是的，仿佛它在等待着你的出现，以便和你一起来见我。" 我回答。

"自从市政府开始改造市中心以来，它就在那里了。我正打算去参观可口可乐博物馆，你愿意陪我一起去吗？"她改变了话题。

"我很乐意，安娜塔西娅。" 我答道。

我们开始在城市中漫步，一边谈论我们对生活的理解，一边分享对城市发展的看法。她向我讲述了她在美国和其他国家旅行的经历。我被她的个性和独特的魅力所吸引，目不转睛地关注着她的每一个神情。

"那么，伊桑，你在哪里工作？" 她突然问道。

我回答："我是一名退休的作家。"

她笑道："这真有趣，伊桑。我从未听说过退休的作家。作家应该总有故事可书写。我知道我们才刚刚认识，但我觉得我或许有一些故事可以激发你的创作灵感。"

"那真是太好了，安娜塔西娅。你在哪里工作呢？"我问。

她笑着回答："我们先去参观博物馆吧，然后我会告诉你关于我的一切，包括我的工作。在我让你更深入地了解我，体验到我的魅力之前，我也想多了解一些关于你的事情。" 她调皮地笑着说。

我揣摩着她的回答。她是不是嫌我话太多了？她会不会在博物馆的下一个展厅把我甩掉？她问我在哪里工作的时候，我都毫无保留的回答了。女人的思维有时真是令人摸不透。我决定顺其自然，看看接下来会发生什么。

安娜塔西娅和我继续参观博物馆，我们聆听着工作人员生动且诙谐的解说。我意识到安娜塔西娅一直紧紧地靠在我身边，仿佛我们是久居一起的情侣。有时候，我甚至觉得她是上天派来的信使，专程来激发我的创造灵感的，我觉得我可能要走运了。她一直坚定地待在我身边，紧紧贴着我，仿佛她是一片黄油，而我则是热腾腾的玉米面包。一两个小时的参观过后，我们来到了免费试饮区和礼品店。我迫切地想知道接下来会发生什么。她会回答我关于她在哪里工作的问题吗？她会邀请我去另一个博物馆，还是会道别离去？

"伊桑，我很享受和你在一起的时光，希望你愿意下次在我的工作的地方与我见面。我相信我能帮你放松，缓解你一直以来积攒在身体里的压力。而且，谁知道呢，我也许还能帮助重拾其你的写作热情。" 安娜塔西娅温柔地说道。

说着，她递给我一张名片，上面写着"至尊水疗中心"。那个标题下面，写着我在墙壁上看到的同样的铭文："因为你，我懂得了爱。"我吃了一惊。这会只是巧合吗？

我抬头，只看安娜塔西娅已转身离去。我看着她的背影，默默地向自己保证，我一定会打电话预约的。

"伊桑，如果你来水疗中心找我，你的所有的困扰和焦虑都会烟消云散。" 安娜塔西娅的话在我的脑海中回荡。

我看着她消失在人群中，回想着这次不期而遇的美丽邂逅。我究竟上辈子积了什么德让我尽然有如此的相遇？这是一种上天的恩赐还是一种潜藏着隐忧的预示？无论未来如何，我都对再次遇到这位魅力四射的女士充满期待。

余下的时光，我独自在可口可乐博物馆周边游览了各种景点。与安娜塔西娅的相识给我带来了无尽的喜悦和憧憬，我期待着尽快给她的水疗中心打电话预约。我记得我上一次去水疗中心已经是很久以前的事情了，那次的经历让我身心都非常受益，按摩师用他们的高超技艺解决了我身体的各种小疾病。

不断困扰着我的思绪的是墙上的铭文和她名片上的信息竟然一模一样。它们之间存在着什么联系？我知道，只有当我亲自去拜访安娜塔西娅，才有可能揭开这一切的谜底。

第二章

迷人的邂逅

当新的一天破晓，我充满期待地等着至尊水疗中心开门营业的时间。我拨通了他们的电话，心中揣测着是谁会接听电话。

"你好，这里是至尊水疗中心，有什么可以帮您的吗？"听筒里传来温和而友善的声音。

"你好，我叫伊桑。我想和安娜塔西亚预约一个时间。"

电话那头微顿了一下，然后一个熟悉的声音传来，"伊桑，我一直在等你的电话。你今天能过来吗？"

"是的，安娜塔西娅。下午三点到晚上九点之间我都有空。"

"太好了，那我给你预约在下午三点，时长两个小时。如果你觉得需要更多时间，我也有空的。"

"谢谢你，安娜塔西娅。我们下午三点见。"

"好的，伊桑。再见。"

放下电话，我怦然心动。我跟自己说这是一次约会，然后又不情愿的纠正自己，"不，这只是一个预约"。我从来没有过随缘的经历，但是我很渴望尝试一次。

至尊水疗中心位于亚特兰大市中心的外交官酒店的二楼，距离我的家有二十英里远。我决定提前一个小时出发以确保按时到达。

随着时间的流逝，我的思绪变得越来越混乱。下午两点，我踏上了前往酒店的路。我满脑子想的都是安娜斯塔西娅，她会像昨天一样神秘吗？还是会敞开心扉，让我更深入地了解她？我的思绪如激流勇进。兴奋与紧张交织在一起，我迫不及待地想马上见到她。

20 分钟后，我停在了外交官酒店的入口。我迅速地将车钥匙交给了停车员，并从他手中接过了停车票据。我几乎是小跑着穿过大堂，急切地寻找着电梯的方向。一位行李员走上前来询问我是否需要帮助，他话音未落，我已经找到了电梯，还没来的及回应他，我人已经踏进了电梯。

我迅速地整理了一下衣服，力求表现出镇定的样子。我按下二楼的按钮，电梯门缓缓地关上。然而在门即将合上的一瞬间，我突然看到一只纤细的手穿过了快要关闭的电梯门，一位身着至尊水疗中心制服的漂亮的亚洲女性走了进来。

"你好，"我试图掩饰住自己的惊讶。"你在至尊水疗中心工作吗？"我问。

"是的，我是薇琪。我在等一个客户，但我没看到一个高大英俊的男人走进来。"她笑眯眯地回答。

"你在等谁？"我好奇地问道。

"伊桑·约翰逊。我的经理派我到楼下来接他"她一边回答，一边检查手中的名单。

"诶呀，我这两天运气太好了。我就是伊桑，很高兴见到你。"我微笑着回应，试图不显得太过兴奋。

在她还没来得及回应时，我脑海中闪过一个念头：难道至尊水疗中心的每个员工都如此美貌吗？我应该很快便会知道了。

"伊桑，我很高兴找到你。如果我空手回去，我的经理会很失望的。"薇琪笑着说。

"薇琪，很高兴你找到我了。否则，我可能就无缘认识你了。"我回应道。

"嗯，我相信很快就能见到在至尊水疗中心的所有员工的。我只能说到这，她神秘的冲着我笑，然后低声补充道："我们经理，安娜塔西娅，为你准备了一个惊喜。"

"我很期待，很想知道是什么惊喜；非常感谢你接我上来。" 我回应道。

电梯的蜂鸣声响起打断了我们的对话，我们已经到达了二楼。大堂的装饰得富丽堂皇，如诗如画，各种护肤产品整齐得摆放在显眼地位置，一目了然，随处可见。墙上挂着男女模特享受着各种舒适的水疗服务的宣传照。薇琪轻轻地牵着我的手，引导我走向接待区，在那里我完成了签到，然后静静地坐着等待安娜塔西娅的出现。

薇琪和我道了声别，然后穿过一个双扇门，消失在我的视线之外。我环顾四周，目光落在了墙上挂着的一句铭文。我惊讶地发现这与市中心那面墙上的铭文一模一样。一切似乎开始串联起来，我现在有些明白这段引言从何而来，为何出现在那里了。许多赞助市中心翻新的公司都会在翻新区域投放他们的广告。也许至尊水疗中心是其中之一。

"伊桑，很高兴你能来。" 我的思绪被一个熟悉又美妙的声音打断。

"你好，安娜塔西娅。感谢你的邀请，并安排薇琪去大厅迎接我。" 我回答道。

安娜塔西娅笑了笑，说："不客气，昨天能与你相识，对我来说也是一种荣幸。我希望你能对我们的水

疗中心感兴趣，也许可以尝试一下我们的按摩水疗服
务。"

"我很期待体验你们的服务项目，安娜塔西娅。" 我
真诚地回应。

"好的，伊桑，在我们开始之前，我想带你参观一下
我们的环境，并向你介绍将要为你提供服务的员工。
另外，在我们开始之前，你需要填写一份登记表，这
是我们为每位客户建立和保存的服务信息的记录凭
证。" 安娜塔西娅解释道。

"好的，我明白。" 我答道。

"我会让桑尼帮你。伊桑，我先去后面确认一下，确
保一切都已经准备就绪。" 安娜塔西娅站起身，温和
地告诉我。

"好的，安娜塔西娅。" 我接过桑尼递来的表格，迅
速填好后交还给了她。

"约翰逊先生，我只需要几分钟就能把这些信息录入
数据库中。请在那边的座位上稍等片刻。"

"谢谢，桑尼。" 我的心充满期待，尽管只等待几分
钟，但时间似乎过得特别慢。

"好了，约翰逊先生，安娜塔西娅已经准备好了。"

"好的，谢谢你，桑尼。"

"不客气，约翰逊先生。"

我径直走向那扇双扇门。眼前的安娜塔西娅已经换上了与薇琪相同的水疗中心的制服。我惊讶地发现，每次看到她，她都有新的变化。

"伊桑，我换上了制服，希望你不介意。我想为在参观结束后的你的首次按摩体验提前做好准备。" 安娜塔西娅一边说着，一边走到了薇琪面前。"你已经见过薇琪。她的专长是瑞典按摩，这是最著名的按摩疗法之一，能帮助你的身体全面放松。如果你决定以后再来光顾，可以体验一下她的瑞典按摩。" 安娜塔西娅耐心地介绍道。

"你好，薇琪，很高兴再次见到你，希望你今天过得愉快。"

"约翰逊先生，谢谢您的关心。" 薇琪微笑着回应。

"接下来要介绍的这位是珍尼弗；她擅长芳香疗法。"安娜塔西娅转向另一位女士，在接受芳香疗法按摩时，你会闻精油的芬芳，你的皮肤也会吸收它们。我相信你会喜欢这种按摩。"

"你好，珍尼弗；很高兴认识你。" 我向珍妮弗点头致意。

"我也是，约翰逊先生；希望你能满意我们的服务。"珍妮弗主动和我握手。

"伊桑，你看，我们的目标是营造出一个安全舒适的氛围，同时为客户提供专业优质的水疗体验。"安娜塔西娅解释道。

"了解。"我点点头。"接下来你看，我们在不同的走廊里设有男女更衣室。标识非常清晰显眼，我们不希望让任何人感到困惑。这边是我们的休息区，提供茶水和点心，客人还能从这里欣赏到市中心的美景。"

"哦，我记得，昨天我就是在那里遇到你的。"我兴奋得指向窗外市中心的方向。

"是的，我从这扇窗户看到你，于是决定过去和你打个招呼。"安娜塔西娅答道。

"原来你是从这里看到我的啊，安娜塔西娅？"

"其实不是，伊桑，我只是和你开个玩笑。接下来，我带你去参观热石按摩室。我想介绍你认识安吉拉。她擅长在身体的重要穴位放置光滑平坦的热石。石头的热效应可以有效缓解慢性疼痛。"

"很高兴认识你，约翰逊先生。"安吉拉温馨地回应。

"很荣幸认识你，安吉拉。"我向她挥手致意。

"我们接下来一起去见见坎蒂；她擅长深层肌肉组织按摩。这种按摩方式类似于瑞典按摩，但会使用更大的力度，能释放肌肉紧张，比如肌肉组织、肌腱和筋膜的深层紧张。" 安娜塔西娅说。

"你好，约翰逊先生；我期待为你做深层组织按摩。"坎蒂一边说着，一边送给我一个大大的拥抱。我向她表示感谢，她向我挤了挤眼睛，似乎在向我暗送秋波。

告别了坎蒂，
安娜塔西娅看着我，微笑道，"你看，我有一支非常"。优秀的团队，他们都接受过专业的按摩技巧培训

"我可以看得出来，我会经常来体验他们的按摩服务。" 我认可得回应。

"那真是太好了，伊桑。在下一个房间，你会见到朱迪。她的指压按摩技术非常出色。她吸引了我们30%的回头客。指压按摩是一种源自日本的按摩技巧，它通过对身体的特定部位施加压力来保持身心平衡。"

"你好，约翰逊先生；我期待有机会向你展示我的技巧。" 朱迪说。

"我很期待，朱迪。"

安娜塔西娅继续介绍："再往前，是安娜的房间，她的专长是泰式按摩。泰式按摩因其对肌肉骨骼疼痛的

有效缓解而深受大家的欢迎。安娜会使用手、脚、手指、脚趾、膝盖、前臂，甚至是专业的按摩器械，帮助你减轻任何慢性肌肉和骨骼的疼痛。"

"你好，约翰逊先生。不必担心，我会如同对待婴儿一样，用最温柔的方式为你按摩。"安娜笑着说。

"我对你的服务满怀期待，安娜。"我回应道。

"伊桑；我希望你能对这些按摩项目感兴趣。接下来还有两个按摩师师要介绍给你。一个是米亚。她是一位足底按摩的专家。足底按摩是通过对脚部、手部或者外耳的反射区施加压力，从而促进全身健康的一种按摩方式，它常常和其他按摩技巧一起使用。" 安娜塔西娅一边说，一边向一位表情看起来有些暗淡的女士挥手。

"你好，约翰逊先生。我是米亚"

"你好，米亚。" 我关切地看着她。

"我需要先道个歉，伊桑。"安娜塔西娅脸色稍微严肃了一些，"米亚上个月曾经对一些客户的态度稍显冷淡，我希望她能在我跟她好好谈谈之前就能自己调整好。"

安娜塔西娅接着说，"我们最后要见的是艾薇。她专长的是著名的运动按摩。这是一种主要针对运动员的按摩方式，通过对软组织肌肉的按摩帮助他们预防和减轻运动伤害。"

"你好，约翰逊先生，你是运动员吗？如果不是，我仍然可以帮助你解决日常软组织的问题。" 艾薇热情地说着。

"我不是，但我很期待尝试你的按摩，艾薇。"

安娜塔西娅拍了拍艾薇的肩膀，肯定了她的表现，然后转身对我说："伊桑，现在就剩我们两个了。我建议你在按摩之前先洗个澡，可以去尝试我们的桑拿或漩涡浴缸。当我准备好时，会有一位女士过来叫你。"

"好的，听起来很棒，安娜塔西娅，我会在桑拿和漩涡浴缸里放松四十五分钟。"

"好的，到时候见，伊桑。"

在这里，一切都看起来井井有条，像是一个和谐的乐章。享受着漩涡浴缸的喷射所带来的身体的舒缓，此刻的我，脑海里充满了平静与安宁。我闭上眼睛，放空自己。大约四十分钟过后，我听到了一种温柔而慈爱的声音在我耳畔徐徐飘来，那声音的温暖仿佛让我回到了儿时，仿佛又回到了母亲在清晨轻声唤醒我起床的情景中。我慢慢地睁开眼睛，视线里映入眼帘的是坎蒂。她叫我跟她进入按摩的房间。我从浴缸中起身，擦干身体。坎蒂注视着我的一举一动。我甚至感觉到，仿佛她在用眼神脱掉我的衣服。我必须承认，这位美丽的按摩师让我有些心动。她那种异域风情的迷人气质，如果我昨天在市中心遇到的是她，这个故事可能会有不一样的发展。

"准备好了吗，伊桑？" 她轻声问道。

"我准备好了，坎蒂。请带路。"

第三章

探索之旅

我很快来到了安娜塔西娅的工作室。里面装饰得非常精美，墙上贴着与按摩穴位和技巧相关的图片，橱柜里则陈列着各式各样的美容产品。尽管她的工作室摆放得如此温馨，但却没有一张家庭照片，取而代之的是几盆争艳斗丽的植物。毗邻工作室的按摩间装饰得同样雅致，与工作室中的装饰风格相似。

"伊桑，我希望你喜欢刚才的桑拿和漩涡浴场体验"安娜塔西娅说道。

"我非常喜欢。"

"现在，请随我进入按摩间。我打算告诉你一些关于我自己的事情，以及我昨天为什么选择与你交谈。事实上，我确实曾多次从那个可以俯瞰整个市中心的休息区看到你。昨天，我终于鼓足勇气决定下楼与你交谈。如同所有生活的经历一样，正视问题可以让我们学习到许多东西。" 安娜塔西娅深情地注视着我。

"原来，你真的是从那扇窗看到我的。"我恍然大悟道。

"是的，而那个决定，并没有让我失望。关于我自己，有很多事情我不会讲，因为我的文化背景，即使我很详尽的向你解释，你可能也无法完全理解。因此，我希望你能尊重并真诚地接受我能和你分享的部分。"

"安娜塔西娅，我保证会尊重你的隐私。你愿意分享什么，或者选择保留什么，那都是你的权利。" 我真诚地回应。

"那太好了，伊桑。我们开始吧。请面向朝下躺在按摩床上。希望你不要感到尴尬。作为一名专业的持证按摩师， 我不会侵犯你的个人空间。我今天的工作任务有些类似于医生为病人做体检。我会边向你解释我采用的按摩技术，边向你讲述我的人生故事。我先从我的名字讲起吧。我的全名是安娜塔西娅刘。我至今未婚。我六岁时随父母移居美国。三年后，我们获得了公民身份。我在亚特兰大上完中学和大学，并以全班第一的成绩毕业。为了帮助父母支付我大学的学费，我考取了按摩师证书，然后在父母的按摩水疗中心做按摩师。大学毕业后，我创立了自己的公司，致力于帮助其他向往财富自由的女性。我今年三十八岁。有自己的房子，还有两辆车。昨天我有些犹豫是否要和你分享很多个人信息，因为我不想你因为外在的东西干扰了你对我这个人本身的兴趣。"安娜塔西娅娓娓道来。"在我们开始之前，你有什么问题吗？" 她问道

"没有，安娜塔西娅。我认为你已经分享足够多了。"

"好的，伊桑，我们现在将进行瑞典按摩，我将采用较轻的力度。如果你感到任何不适，请告诉我。"

"好的。"

安娜塔西娅从我紧绷的颈部开始施展她的魔力。她用手中的香氛油均匀地涂抹在我的皮肤上，使我渐渐地舒缓了下来。她的双手平滑而温暖。每一次的按压都让我的颈部神经得到前所未有的放松。接着，她一只手继续在我的颈部徘徊，另一只手则移至我的肩膀。我感受着香氛油的芬芳和她手中的温度，共同弥漫在我的身体的每一寸肌肤上。她，就像艺术大师，认真揉捏黏土塑造艺术作品一般。她详尽地解释着每一次的按摩动作以及其对身体的积极影响。她的双手持续下滑，抵达我脊椎的尾端，然后用力，却又极为谨慎地按摩。我像被引导进入一片安宁的森林，身心完全沉浸其中。她的手触及到我的敏感部位时始终保持尊重，她的动作中没有任何过界或一丝冒犯。她的美貌和娴熟的技艺让我渴望更深入地了解她。我有许多问题，但一时无法找到合适的词汇来发问。我一句话也说不出来，当我翻身时，只轻轻地发出低沉的呻吟。

翻身后，她开始全神贯注地按摩我身体的正面，香氛油的温暖和丝滑浸润着我的肩膀和胸部，犹如春日里温柔的阳光照耀着我。接着，她温暖的双手开始在我颈部后侧细腻的肌肤上游走，就如同一只笛子在空气中轻轻的吹拂，我仿佛感受到我的每一次心跳都随着她的手的移动而跳动。当她的双手轻轻地顺着我的躯干划过时，我感到一种奇异的感觉，我的内心激动不已，仿佛在漆黑的夜晚看到了流星的划过。然而当这种感觉在接近我的私密区域时戛然而止，就如同梦醒时分。我感觉到我的身体在这一刻如同一座僵硬而坚固的城堡，竭力守卫着那里的秘密。

在此刻，她犹如一位全能女神，掌控着它的所有感触。她的双手划过我的大腿内侧，如鸿毛般柔软，使得我僵硬的肌肉松软下来。然后，她的手缓缓向下滑去，伸向我的小腿，再用力拉扯，使得我感觉身体如同漂浮在云端，忘记了地面的存在。她随心所欲地驾驭着我的身体，我已经完全沉溺在她给予的感官体验之中，失去了反抗的能力。在她的反射疗法下，我的双脚感到前所未有的轻松和舒适。然后，她突然改变了方向，双手返回到我紧绷的躯干中央。她花了一段时间讲述精油的重要性以及它在感性按摩中如何能提高男性性欲。她也提到了全身按摩对改善身体的健康状况的促进作用。

几分钟后，我渐渐理解了她的意思，并完全赞同她的说法。背景音乐中空气中流动，我仿佛听到了"皇后"乐队的"我们是冠军"，那是勇者的赞歌，像是在唤醒我内心的斗志。在那一刻，我的身体经历了一个转变，从原先的柔软和脆弱，变得充满力量和信心。

与安娜塔西娅的相识，像是在阅读一本充满悬疑的故事书，我开始恍然大悟，她昨天决定与我相遇，也许是因为她深深地洞察到了我内心的渴望，我不仅仅需要关爱和安抚，更迫切地希望有人能听懂我的心声，感知我的存在。她的出现，仿佛是命运的恩赐。这不仅仅是一场身体的疗愈，更是一次心灵的洗礼，一次深入自我的探索。

当安娜塔西娅手持热腾腾的毛巾出现在我面前时，我感到一丝尴尬。她用一条条毛巾轻轻擦去我身上的香氛油，并叮嘱我去洗澡、更衣，然后在她工作室旁边的大厅等她。

我感觉双腿虚弱，仿佛身体经过大雕刻家的巧手，被彻底重塑。我到了更衣室，沉浸在温热的淋浴之中。我尽量放慢洗澡的节奏，试图尽快恢复体力，以便再次和安娜塔西娅见面时，能展现出最佳的状态。穿好衣服后，我顺道去了休息区，喝了一杯清新的绿茶，吃了几片甜美的橙子。经过短暂的休息，我重新充沛起来，朝安娜塔西娅办公室的方向走去。

"伊桑，你觉得怎么样？" 她问道。

"我感觉自己仿佛经历了一个脱胎换骨的过程。身心感觉像刚从长久的沉睡中苏醒过来一样。"我答到。

"是的，这就是我告诉你的我的神奇魔力的一部分，"她半开玩笑的说。"我说过要好好照顾你的。我会为你安排一个时间表，让你可以逐一体验我今天向你介绍的那些按摩师技术。我希望你能更深入的了解在这里工作的女士们是如何通过和每个客户分享我们的精神世界，来帮助他们重燃对生活的热情和希望，从而获得身心合一的完整。今天我为你提供的按摩是在最近的一段时间里我为你安排的唯一的按摩。之后，我希望你能尝试体验这里的每位按摩师的独特技艺。"

"我完全明白，我愿意按照你的建议进行，"我答道。

"在你全部体验结束后，我希望你能允许我和你共进晚餐，这样我们可以更深入的相互了解。"安娜塔西娅诚恳地说。

"安娜塔西娅，能与你共进晚餐是我的荣耀。我知道这只是我们的第二次见面，但我感觉似乎已经认识你很久了。"

"伊桑，我也有同样的感觉，我希望你能按照我为你制定的计划进行。在彩虹的尽头，我和你的晚餐在等待着你。现在我陪你走到电梯。下次你来的时候，薇琪会为你提供按摩。请尽早致电预约。你将在每次按摩时享受八折优惠。不过，你还是应该每次给按摩师小费，通常的比例是20%。今天的按摩，是免费的。我通常不会为客户提供按摩。你是很久以来我为之服务的第一人。当我从休息区的窗户看着你时，我感觉你的灵魂中有种东西在召唤着我，所以我们在这里相聚了。"

"非常感谢你，安娜塔西娅；我期待我们下次的见面。我会严格遵守这个时间表。祝你度过一个愉快的夜晚。"

"我很快就会再见到你，伊桑。不要忘记所有按摩结束后等待着你的承诺。" 安娜塔西娅补充道。

"我不会忘记的，安娜塔西娅。再见。"

当我离开大堂的时候，我情不自禁地走到亚特兰大市中心的那句铭文前："因为你，我懂得了爱。" 这句话像是一首悠扬的乐曲，在我耳边回荡，那是爱的旋律，是生活的和声，它激起了我内心的共鸣。

安娜塔西娅，满足和超越了我对于一个女人所有的期待和想象。她的双手，柔滑如丝，给我带来无以言表的安逸。她的存在如同一道光，照亮了我心中的幽暗的角落。

我期待着继续这段旅程，去体验每一个按摩师的独特技艺，去了解他们的内心世界。我知道，安娜塔西娅希望我体验她的水疗中心，是她经过深思熟虑的决定。也许这不只是一个简单的按摩体验，更是一次生命的洗礼，一次深度的自我觉醒。

第四章

薇琪

从上次去安娜塔西娅的水疗中心到现在已经过了一个星期。这段时间我在帮弟弟处理一些经济问题，本来并未计划逗留过久，但作为哥哥的我，自然要担起解决问题的责任。帮助他处理财务困境虽然耗费了一些精力，但为了他的未来，这份付出是值得的。

回到家后，稍作休息，我拿出安娜塔西娅精心为我制定的日程表，查看下一次按摩预约的时间。薇琪，那个我在电梯里遇见的迷人女子，将会为我提供下一次的服务。我从茶几上拿起手机，拨通了安娜塔西娅的办公室电话，接电话的是桑尼。

"至尊水疗中心，请问有什么可以帮您？"桑尼的声音温和而专业。

"我是伊桑·约翰逊。我想预约薇琪"

"你好，约翰逊先生，我帮您查一下。薇琪今天下午两点到五点有空。"

"如果可以的话，我希望预约从下午两点开始的两个小时。"

"当然，约翰逊先生。今天下午两点见。"桑尼回应。

"谢谢，一会儿见。"

我知道我现在的当务之急就是放松。帮弟弟解决经济问题消耗了我大量精力，现在是时候按照安娜塔西娅为我制定的计划进行了。她之前告诉我理解她们所做的工作的重要性，我也已经体验到了按摩对于缓解压力的作用。虽然我对她的意图还抱有一些疑虑，但我愿意尝试去理解，甚至如果需要，我愿意冒一些风险。即便这一切可能是一个误导，是个骗局，我也乐意在这个过程中找寻答案。

时间已接近午后一点，我需要动身前往市区。我在下午一点五十分，抵达外交宾馆。尽管市区的交通比预期的还要糟糕，但我依旧准时抵达。我将车钥匙交给了停车员，径直穿过大堂，朝电梯走去。这次，没有熟悉的面孔在电梯口迎接我，也没有人用美丽纤细的手拦住即将关闭的电梯门。电梯无声息地上升到二楼，桑尼热情地向我打招呼："约翰逊先生。安娜塔西娅今天不在。等她回来后，我会告诉她您已经开始您的按摩疗程了。"

"感谢你，桑尼。"

我走向双扇门，看到薇琪正在那里等着我。

"下午好，约翰逊先生。很高兴您今天能来。我还以为我得亲自去您家里连拉带拽，您才会开始按摩疗程呢。"

"不，我只是最近有些私事要处理，耽搁了一些。我很期待今天的按摩，我也很高兴安娜塔西娅选择你为我开始这次的按摩旅程。"

"好的，约翰逊先生，房间里已经准备好您需要的一切。您换好浴袍后，我会带您去淋浴区进行身体擦洗。您慢慢换，我过几分钟再回来。"

薇琪缓缓地退出了房间，我随即脱下衣服，患上了舒适的浴袍。尽管我曾多次听说过，甚至与人讨论过洗浴擦洗，但这是我首次亲身体验。我满怀期待地想看看接下来会发生什么。片刻后，薇琪轻轻敲响了门，和我确认我是否已经准备好了。她重新出现在我的视线中，这次她身穿了一件轻薄如蝉翼的上衣，紧身裤紧紧包裹着她的双腿，一双华美的长筒袜，露出了她修长的大腿。我必须从地板上抬起目光，才能确保我不会被自己的不专心而踩到。

薇琪似乎看出了我的窘迫，说到，"约翰逊先生。这套装束是您这次水疗体验的一部分。在您享受水疗的同时，我们也希望您的视觉也有美好的体验，我们的目标就是为客人带来身心的舒适和喜悦。"

她一边轻轻地调整水温一边说，"当我把水温调到适宜时，我希望您能面朝下躺好。请将下巴放在面部支架上，就这样，舒服吗？水温如何？"

"嗯，很好。" 我回应。

"身体擦洗犹如一次深度的全身面部护理，它能去角质、滋养您的肌肤，使其变得柔滑细腻。" 说着，她将由海盐、按摩油和芳香精油混合而成的磨砂膏涂抹在我的身上，就像画家在画布上挥洒颜料。"身体擦洗有诸多益处，除去死皮，焕发容颜，消除瑕疵，同时还有助于减轻压力。整个过程中，请您保持放松。" 薇琪耐心地讲解。

"约翰逊先生，" 她似乎察觉到我的紧张，嘴角微微上扬，"我知道您的国家和我的国家之间，文化观念有所差异。但请相信，作为专业的按摩师，我在擦洗过程中会非常注意，避免接触到您的敏感区域。我们为男性客人提供洗浴服务，并非带有色情的意味， 而是为您提供放松和愉悦的体验。" 她解释道，语气坚定又充满关爱。

"薇琪，" "我微微迟疑了一下，然后说，"我想你可能能理解，在你的按摩过程中，我的身体可能会有一些自然反应。这既是因为你的美丽，也是因为我作为男性的本能反应所致。"

薇琪笑了一下，仿佛早已预见到我要说的话。"约翰逊先生，我明白。如果您有任何不适，我会及时帮助您调整。请记住，我们是专业的按摩服务机构。" 她的声音像涓涓溪流，安抚着我。

此时，薇琪开始将温水倾倒在我的背部，确保水均匀覆盖我的整个背部。她用肥皂清洁我的身体，随后冲洗干净，然后开始为我全身涂抹海盐磨砂膏。她轻柔地擦洗我背部的每一寸肌肤，这让我回想起小时候，我在母亲的呵护下沐浴的情景。当她冲洗干净我的背部后，示意我翻过身来。这时，我无法否认，我感到了一些紧张。

"约翰逊先生，请无需尴尬。"薇琪轻柔地声音在浴室中回荡，仿佛一阵温暖的春风拂过，"如我之前所说，我会尽全力来照顾您。全身擦洗能让您了解我们为客户提供的服务有何特别之处。我希望您能够相信我，并理解我所做的一切并非出于任何色情的目的，尽管它可能会唤起您的情欲。在我们的文化中，为男性洗浴并不只是一种轻浮的行为，而是照顾和关心的体现。"

尽管我仍感紧张，但是听到她的话，我开始逐渐放松了下来。薇琪将一条小毛巾轻轻放在我的私处，然后她用温水沁润我的全身。水流沿着我的身体流下，带走了我的疲倦和紧张。她开始在我身上涂抹肥皂，从我的颈部开始，以画圆圈的方式沿着我的身体慢慢向下滑，就像是在画一幅只有我们两人知道的艺术品。她非常注意，确保没有侵犯到我的私人空间并确保每个部位都被清洗干净。我尽力保持冷静，用意志力抑制住自身的本能反应，确保不会超出我能控制的范围。

她的声音再次在我耳边响起："别担心，约翰逊先生，马上就好了。"

薇琪以极其专业的手法继续擦洗我的身体，她的每一个动作都让我深深地感到，这并非只是一次简单的洗澡，而是一种情感的交流，一种对于个人尊严的尊重。当她清洗我私密部位周围时，我观察她的脸部，看她是否有任何反应。她发现我在观察她，脸上浮现出微笑。完成擦洗后，她从头到脚清洗了一遍我的身体，确保没有磨砂膏的残留。这时，我努力放松，以便我们两国文化间的差异不会赤裸裸地暴露出来。

"好了，约翰逊先生，请您起身，站起来。小心点，我来帮您。" 薇琪细致入微的说。

我按照她的指示行事。举起双臂，双腿分开，让她用毛巾细心地擦干我的身体。她轻柔地擦干我的脸、轻轻抹过我的颈部，略过我的胸部和腰间，然后在我的大腿和脚上重复这样的动作。她示意我自己擦干私密部位。确保没有遗漏任何地方。我不得不佩服她的细致入微。我不知道她是否对自己的工作感到满意，但她的细心备至超出了我的预期。我人生第一次感受到有人比我自己更加呵护我的身体。

"好的，约翰逊先生，身体擦洗已经完成了，现在请随我到按摩室进行瑞典按摩。我知道安娜塔西娅已经向您解释过了这种按摩技术。如果您没有任何问题，就请您缓缓地平躺下来，让我为您进行按摩吧。"

"我没有问题，薇琪。安娜塔西娅告诉我，在我的按摩期间，你们每个人都会分享你们自己的人生故事。"

"是的，约翰逊先生。" 她一边回应，一边示意我把脸放在按摩床的开口处。"我姓周，来自中国的农村。我家在贵州拥有一片稻田。我来美国是为了挣更多的钱，为我和家人提供更好的生活。安娜塔西娅给了我和其他的女士们提供了谋生和赚钱的机会，让我们有能力帮到我在家乡的家人。中国人认为能过上什么样的生活取决于你如何对待生活。我们像世界上所有人一样，都有需求和抱负。当机会来临时，我们会紧紧抓住，努力取得成功。所以，我在这里工作是因为我想要这份工作。我需要赚钱，以供养我在中国的家人。我并不想讲述安娜塔西娅是怎么找到我的，我只想说我非常感激她给了我这个机会，改变了我的生活。"她的语气中充满平静和满足。

话到这里，我已经放松了下来，任由薇琪在我的背部施展她娴熟的手法。我听到她双手揉搓的声音，然后感受到温热的按摩油滴落在我的颈部和肩膀上。我感到放松和舒适，期待着她即将为我做的一切。接下来，她将按摩油均匀涂抹在我的背部。她用和身体擦洗时同样的画圆圈的手法轻轻滑过我的皮肤。我感觉身体变得越来越轻，越来越软，犹如升入云端，沉浸在无重力状态。她向前倾身涂抹，她的身体轻轻地触碰到我的背部，每一次的接触都像是电流穿过我全身的神经。她关切地问我是否还好，我想说好，但一个好字似乎已经不能表达我此时的感受，那是一种深入骨髓的愉悦和超出了身体层面的欢愉。她用前臂继续按摩我背部，她的动作如此自然而顺畅，好像她和我的身体已经分不出彼此。她再次询问我是否舒适，我简短地回答了"是的"。当我还在享受着她前臂的快速有力的滑动时，她从按摩床上下来，站在我的背部中间。开始她详细地解释接下来的按摩流程。

"约翰逊先生，我会先在您的臀部和大腿内侧涂抹按摩油，然后会帮您舒缓腿部和脚部。请问可以吗？"

"可以，请开始吧，我的身体你做主。" 我微笑着回应。

这时，薇琪倒了更多的按摩油在她的手上，揉搓之后，我感受到一股温热滴在我紧绷的臀部，那是一种既热烈又温婉的感觉，仿佛一颗颗珍珠轻轻滑过我的皮肤。她的手温柔且有力地以画圈的方式按摩着我的臀部，每一次的碰触，每一次的轻拍，都在我身体深处掀起波澜。我的感官被她唤醒，每一寸肌肤都在向她回应。

然后，她将注意力转向了我的大腿内侧。我对此充满期待，我的全身每一个神经末梢都在紧张地等待着她的抚触。然而，几分钟的轻微挑逗过后，我感到有些失望。她的按摩主要集中在我的腿部和脚部，而那些我渴望得到触碰的地方却被忽视了。

我虽然对安娜塔西娅的内心世界充满好奇，渴望从精神层面上了解她，但此刻，我的身体也渴望得到满足。我的情感和身体在这一刻被拉扯成了两个方向，这种冲突让我无法集中精力，也使得我更加渴望薇琪的触碰。

我的期待，我的渴望，和我的焦虑，像是一团火焰，在我内心燃烧，然后蔓延到我的全身，我尽力平静自己的心跳。这一刻，我期待着薇琪接下来的动作，我的身体如同一架多年没有人触摸的钢琴，等待着薇琪的弹奏。

我所期待的那种触感并未来到，薇琪完成了背部的按摩，离开房间去取热毛巾。片刻后，她回来，手里拿着两条冒着蒸汽的热毛巾。

"好的，约翰逊先生，我将用热毛巾清洁您的皮肤，擦去残留在皮肤上的按摩油。这可能会有些热，如果过热，请告诉我。" 她的声音如母亲呵护孩子般轻柔。

她将一条热毛巾轻轻铺在我的背上，然后用力按压以吸收更多的按摩油。

"好了，约翰逊先生，请翻身平躺，我们来点更刺激的。" 她的声音中带着一丝神秘和挑逗，让我充重新燃起了好奇和期待。我顺从地翻过身去，只看见她的身影在昏暗的灯光下愈发妖娆。

然后，我感到一股温暖从颈部开始蔓延。她的手掌按在我的颈部，轻轻地揉搓、松弛。然而，我很快就发现，她的手并不会在我身体的任何其他地方停留。我期待的感官刺激并没有来到，她的手只在我的颈部、胸部和腿部停留。薇琪的按摩印证了安娜塔西娅的话：水疗中心提供高端专业的按摩服务但是并不提供色情服务。

薇琪再次用热毛巾擦去我身上的按摩油，然后用一条干毛巾以吸收我身上的残余油份。整个房间充满了薰衣草和迷迭香的清新香气，使人心旷神怡。

"好了，约翰逊先生，希望您喜欢这次瑞典按摩。"她的声音在空气中回荡，充满了疗愈的温度。

"我很喜欢。薇琪，谢谢你。非常感谢你与我分享你的故事。"我发自内心地感谢她，她不仅带给我一场身体的享受，也给我的心灵带来了一丝平静。

"很高兴能和您分享我的故事，约翰逊先生。我的生活中有许多曲折的细节等待着有朝一日与您细谈。安娜斯塔西娅拯救了我，给了我新生，是她的帮助让我改变了自己和家人的生活。我每周三晚上都在夜校里努力学习英语。等到我的英语达到熟练的程度，我打算报名去上技术学院，去学习我喜欢的专业领域。我手很灵巧，所以我想学习计算机硬件和软件应用。多年前，我在高中时，曾经学习过计算机硬件。可是后来由于经济问题，学校被迫关闭。我只得在家人的农场工作，直到有一天我被选中来到美国成为一名按摩师。"薇琪眼中闪烁着希望。

"再次感谢你，薇琪。"我的声音充满了对她的尊重和敬意。

"谢谢您，约翰逊先生。我非常感激您慷慨的小费。"她的声音中充满了诚挚的感激。

薇琪的分享让我陷入了深思。我从未真正去思考过，在这个行业工作的中国女性所要面对的困境。我感到自己有些天真，对世界的理解还太过肤浅，太过于想当然了。

"再见，桑尼，请告诉安娜塔西娅，我会打电话安排下一次的预约。"

"我会告诉她的。"桑尼回应道。

在回家的路上，薇琪的故事在我心中掀起了深深的涟漪。我一直忙于自己的生活中的琐事，从未有时间去深入思考：我的种族并非唯一经历过地狱般磨难的种族。每一个国家和民族都有为基本人权而斗争的历史。这是一个持续几个世纪的战争，无人能够幸免。非洲人奴役非洲人，将他们卖给其他种族。欧洲人出售白人奴隶、黑人奴隶、印第安人奴隶、墨西哥裔奴隶、中美洲人奴隶、南美洲人奴隶，以及他们能征服的其他任何民族。这是一个触目惊心的事实，那些违反人权的行为已经存在了几个世纪，只要有可能从中牟利，当权者就会剥夺他人的生存权和自由。

我想，也许安娜塔西娅是想让我明白，世界并不总是以我们所看到的方式存在。一个人的外表，或者我们对某个群体的刻板印象，往往掩盖了他们内心深处的情感世界和他们面对的挑战。我们每个人都有自己的人生使命，或者说人生的责任。而真正理解和接纳这些，需要我们去探索其背后的深层含义，去理解为什么我们要这样做，而不只是简单的因为这是我们想要的，或者这是别人期望我们做的。

第五章

珍妮弗

第二天，我以全新的精神状态醒来。在享用了一份简单的早餐并在跑步机上锻炼了一会儿后，我发现自己已经迫不及待地想预约下次的按摩服务。　我冲了个澡，换好衣服后，立即给至尊水疗中心打电话。

与薇琪的对话引起了我对生活的更多思考，我非常愿意继续我的旅程。毕竟，我的奖励是和安娜斯塔西娅共进晚餐。

"您好，这里是至尊水疗中心，有什么我可以帮助您的吗？"　尼桑的娓娓动听的声音在我耳边回荡。

"你好，桑尼，我是伊桑·约翰逊。我希望预约珍妮弗。"

"你好，约翰逊先生，你好吗？让我查一下珍妮弗的时间。她今天下午一点到三点之间有空。您要我为您预约这个时段吗？"

"是的，桑尼。非常感谢。"

"顺便说一句，安娜塔西娅今天也会在。她让我告诉您，在您的按摩结束之后，如果可能的话，请为她预留一些时间。"

"好的，我非常乐意。" 我欣喜地回答。

"我会转告她的。"

"谢谢，桑尼。"

我并没有太多时间去安排别的事情，于是拿起了车钥匙，驱车前往至尊水疗中心。我很期待体验芳香疗法按摩。一踏入轮美奂的水疗中心大堂就看到桑尼魅力四溢地上前迎接我。

"你好，约翰逊先生。希望您一切都好。提醒您，在您的疗程结束后，安娜塔西娅希望和您谈谈。"

"我记住了。这是我的信用卡。"

"谢谢您，先生；这是您的收据。珍妮弗的房间在薇琪的按摩间旁边的第二个房间，她正在等您。"

"谢谢。我在疗程结束后再来找你。" 我向桑尼挥手告别。

我穿过双扇门，向珍妮弗的房间走去。她站在门口迎接着我，穿着类似之前薇琪穿的飘逸的连衣裙，她看起来既漂亮又温柔。我打趣地问自己我的按摩计划到底是为了体验水疗中心每位女士的按摩技巧，还是给我机会爱上她们中的每一个人。

"下午好，约翰逊先生。在我们开始今天的疗程之前，您想先洗个澡吗？" 珍妮弗关切地问道。

"不用了，我几个小时前洗过澡了。我已经准备好开始了。"

"太好了，请您换好衣服，我几分钟后回来。"

珍妮弗离开房间。我对即将到来的体验充满了期待。我环视整个房间，看到墙上的架子上摆满了许多瓶瓶罐罐的精油，每一瓶精油都代表着一种独特的香气，一种独特的能量。房间的角落里，蜡烛舞动着光芒。空气中弥漫着精油散发出的芬芳，侵入到我的内心中深处。当我正坐在按摩床上享受着这一切时，珍妮弗敲门进来，询问我是否准备好了。她的脸上流露出的美丽和亲切，让我感到即将到来的按摩之旅将会充满欢愉。

"约翰逊先生，请趴在按摩床上，面朝下。芳香疗法是一种以精油为基础的按摩技术。它利用从天然植物中提取的芳香精华来平衡、调和和提升身心灵的健康。今天，我会使用一种有助于放松身体和情绪的精油和身体乳为您按摩。我将会把重点集中在舒缓您的软组织部位，以帮助缓解您的压力。同时我也会按照安娜塔西娅的要求，和您分享我是如何来到美国和在成为至尊水疗中心的一员的故事。" 珍妮弗介绍既专业又耐心。

"好的，珍妮弗，很愿意聆听你的故事。"我温和地回应道。

随着珍妮弗开始向我倾诉她的故事，听着她的声音，我的身体越来越沉，我陷入了一种近乎于深度睡眠的沉醉舒缓状态。她的手，充满了关爱和温暖，一切都显得如此宁静，仿佛时间在此刻被拉长，近乎凝固。

"约翰逊先生，我的全名叫珍妮弗·应。我出生在中国云南。在我 16 岁的时候，我被卖到了一家在上海提供色情服务的按摩院。在那里，我被要求招徕其他的女孩子加入到按摩院工作。在上海工作了几年后，我和其他几个女孩一起被带到了纽约和加州的洛杉矶。我大部分时间都在洛杉矶。那是一段黑暗的日子，我被迷奸和被迫卖淫，同时也染上了毒瘾。那样的生活持续了三年。在这期间，我遇到了一位顾客，他帮助我逃离了洛杉矶，带我来到了亚特兰大。尽管他已经结婚，无法和我共度人生，但他的善举，我永远不会忘记。我们曾短暂在这里的酒店里居住，然后他回到了洛杉矶。有一天，我遇到了安娜塔西娅，她用中文和我交谈，询问我是否需要帮助，然后给了我她的名片，并邀请我来她的办公室。我接受了她的邀请，来到这里见她。她听了我的故事后，不仅把我带到她家，为我提供住处，还帮助我戒掉了毒瘾。她还安排我和其它女士们一起上夜校。现在，我正在州立技术学院学习按摩疗法以获得资格证书。尽管我可以学习其他课程，但我喜欢做按摩师，我觉得这是一项很有意义的工作。我正在努力存钱为退休做准备。因为安娜塔西娅为我提供的工作机会，我得以获得了绿卡，并且已经申请了公民身份，不仅如此，安娜塔西娅还在培训我们如何在未来独立运作自己的生意。" 珍妮弗缓缓道来，语气平和。那些精油和香薰蜡烛弥漫的温暖渗透进我的灵魂，像是一种慈爱的抚摸，使我身心灵达到了完全的和谐。我能感受到珍妮弗话语中的每一个细节，她坦然接受生活，没有遗憾。当她说到对那个帮助她重获自由的男人的感激，我的眼眶不禁湿润了。她对遇到安娜塔西娅的感恩深深打动了我。我就这样静静地躺在按摩床上，听着她的故事，默默地流泪，时间仿佛停止了流逝。

"好了，约翰逊先生，我希望您能喜欢我为您提供的这次芳香疗法体验。我很高兴与你分享了我的故事和我的按摩技艺。现在请您换上摆在您身边的浴袍，然后去冲个澡。我会在这儿等您回来。"

我步入男士淋浴室，心中满是珍妮弗的故事和我从她的言行中洞察到的那些难以言喻的情感。我试图理解安娜塔西娅的真正意图。她是想让我对她的员工产生同情，还是有更深的含义？无论如何，她已经吸引了我的注意力。出于作家的本能，我能感觉到这是一个值得讲述的故事，写作的激情在我心中开始燃烧。我快速地冲了个澡，然后回到了珍妮弗的按摩房。

"谢谢你，珍妮弗，谢谢你为我做的一切。我祝愿你能在你的事业中取得成功。我希望未来能再次和你交谈，并享受神奇的芳香按摩。" 我真诚地说。

"不客气，约翰逊先生。我希望再次见到你，帮助你通过芳香疗法找到内心的平静。安娜斯塔娅会在前台等您。"

我花了一些时间慢慢穿衣，希望在与安娜塔西娅的见面前能看起来精神焕发。因为我这次旅程的原动力就是想更多的了解她。如果了解她的员工是这个过程的一部分，我愿意全身心地投入。

"你好，桑尼。麻烦你通知一下安娜塔西娅，我可以见她了。" 我带着一丝欣喜的说。

"您可以直接去她的办公室，她正在那儿等您。"

"谢谢你，桑尼。"

我来到了安娜塔西娅的办公室。她向我走来，亲切地握住我的手，然后拥抱，轻轻亲吻了一下我的脸颊。接着她领着我在一张漂亮的沙发上坐下。

"伊桑，我希望你能原谅我昨天没有在你和薇琪见面时出现。今天和珍妮弗的疗程做得怎么样？" 她很关心地询问。

"没关系，安娜塔西娅。你是一个商人，自然需要照顾好自己的生意。我很喜欢你的员工为我提供的按摩。他们的故事令人大开眼界。" 我睁大着眼睛向她讲述。

"正如我之前所说的，我从未听说过有退休的作家。每一个按摩师都有她们自己的故事，就像我有我的故事，你也有你的。我可以与你分享我在这个行业里遇到的所有人的故事和经历，但我相信那绝不会是最精彩的故事。最准确和真实的故事，应该由这些有着亲身经历的人们来讲述。你知道，随着'反对性侵'运动的兴起，全球的女性们正在勇敢地站起来反抗任何形式的伤害和虐待。世界在进步，我们的核心价值观也正在随之演变。"安娜塔西娅的声音里充满了振奋。

"我同意你的观点，安娜塔西娅。我一直都是性别平等的坚定支持者。打破大男子主义的心态是一段漫长且艰难的旅程，但我相信我们终会实现这个目标。"

"是的，伊桑。我相信我为你制定的计划是一个正确的决定。我希望你可以继续和我的员工一起完成这个旅程，尽可能地了解他们。我期待着你下一次的分享。"

"好的，安娜塔西娅。我会在离开之前与桑尼安排下次的预约。这周我还有两天可以做按摩。"

"我不希望你匆匆忙忙地完成这次旅程。你有整整一个月的时间来体验。给自己一些时间思考女士们给你讲的故事，这样你会对我们的工作有更深入的理解。" 安娜塔西娅诚恳地说。

"我会的，安娜塔西娅。我会耐心地期待你承诺的那个晚餐约会。此外，我感觉我的创造灵感也开始重新萌发出来了。我想是时候去思考如何讲述她们的故事，找出那些隐藏在黑暗中，只等待被发现的曙光。也许我能找到一种方式，让那些沉睡在黑暗中的光明重新照亮我们的世界。" 我深沉地说。

"太好了，伊桑。我几分钟后要去开会。我希望在你下次来访时继续我们的谈话。"

"谢谢你，安娜塔西娅；我现在去找桑尼定安排下一次预约。"

再次收到她的甜蜜的吻后，我离开了安娜塔西娅的办公室。她的唇感觉就像春日里的樱花瓣，湿润且柔软。我有种冲动想把剩下的预约都挤到一天里，尽快结束这次的旅程。但那会违背安娜塔西娅为我制定的计划。

"你好，桑尼，我们又见面了。我想安排接下来的两个预约。一个是安吉拉，另一位是坎蒂。"

"我看一下。安吉拉明天下午四点到六点有空，而坎蒂下周一上午十点到十二点有空。"

"这两个时间都合适我。请为我安排，明天见。祝你今晚过得愉快，" 我开心地向桑尼告别。

"再见，约翰逊先生，也祝您度过一个愉快的晚上。"

我在静谧的夜晚回到了家。我沉浸在自己的思绪中，回想过去，赢得一次心仪的女性的约会曾经多么的不费吹灰之力。那时候，我只需要微笑着说："你好，我叫伊桑，你呢？我能否有幸陪你回家，和你一起生娃娃？"然而，现在，我感觉我仿佛生活在了一个全新的维度，一切都变得有些复杂 但是，只要能等来与安娜塔西娅共享那顿承诺中的晚餐，我将毫不犹豫地遵循她的计划，坚定地一步步走下去。

第六章

安吉拉

新的一天很快到来。我去超市购买了一周所需的食品，然后驾车前往水疗中心。我计划提早到达，做个桑拿放松一下，然后享受按摩的同时聆听安吉拉的故事。我大约下午两点抵达了酒店。像往常一样，我在前台见完桑尼后，享受了四十五分钟温暖的桑拿和淋浴后走向了安吉拉的按摩室。

"你好，安吉拉，我很期待这次热石按摩的体验。"我微笑着说。

"你好，约翰逊先生。我也很期待为您服务。请您脱下浴袍，面朝下躺在按摩床上。正如安娜塔西娅介绍的那样，我会把加热过的光滑石头放置在您身体的关键穴位上，帮助您释放能量流。同时，我会在您接受热石疗法的过程中，为您做全身按摩。" 安吉拉平静而专业地解释道。

"您有什么问题吗？" 她问。

"我没有问题，安吉拉。我完全交给你了。我期待着全身心的放松，同时也洗耳恭听你愿意分享给我的任何事情。" 我回应道。

"好的，约翰逊先生。我首先会为您做一次瑞典按摩，以便为后面的热石疗法做准备。"安吉拉的话语平缓而自信。

她的技艺如薇琪和安娜塔西娅般娴熟。她的双手温和而有力，让人安心。她一边拉伸我的双腿和背部，一边用力按压我的肌肉，试图放松她可以接触到的每一处紧绷和疼痛。短短几分钟后，她便完成了前期的按摩准备。

然后，安吉拉小心翼翼地将毛巾移至我的大腿部位，我的臀部略微露出。她摩擦着双手，让浸在手掌的按摩油的在分子间激荡出热量。她温热的手掌轻轻抚过我的肌肤，落下的油滴似乎带着某种魔力，让肌肤感到温暖而放松。她的双手在我的背上画出大大的圆圈，似乎在尽力覆盖背部的每一寸肌肤，就像是在揭开一场即将开演的戏剧的序幕。

"嗨，约翰逊先生，我的全名叫安吉拉·孔，我来自中国广西。我和在这里的许多同事一样，曾是黑市契约劳工的受害者。因为我丈夫欠了巨额的债务，我被迫签署了一份为期七年的按摩师合同。我有一个小女儿，但是我已经有五年都没见过她了。我很庆幸没有遭受过被迷奸或被迫吸毒的经历。但不幸的是，我曾被迫卖淫，这是我心中无法磨灭的痛。然而，在那些黑暗的日子里，我遇到了我生命中最伟大的女性，她成为了我重拾生活信心的力量源泉。她帮助我拿到了绿卡，还提供了我学习英语的机会。目前，我正在努力学习硬件网络工程，预计下个月参加认证考试。我希望能成为一个榜样，向所有的亚洲女性展示，我们是能从按摩行业成功转型，涉足其他领域的。我也计划在明年申请成为美国公民。是安娜塔西娅让我重新点燃了我的美国梦。" 安吉拉的声音一如既往的平静。

"我为你感到自豪，安吉拉。" 我心中充满敬意地回应道。

"谢谢你，约翰逊先生。请你尽量不要动。现在，我要在你的背部放上热石，而我手中的这两块石头，将用于按摩你的全身。"

热石缓缓得在我的后背释放着热量，随着时间慢慢地推移，我感觉身体的压力逐渐消散。我肌肉的绷紧感被热石的热量所取代，仿佛有一股暖流在我体内流淌。这种微妙的热力，沉稳而持久得渗入我的皮肤，深入我的肌肉，让我感到了前所未有的放松。

安吉拉巧妙地利用另外两块热石，沿着我的背部中轴线，从我的颈部穿过我的肩膀，沿着脊椎向下，缓慢滑行，最后轻轻地停在我的臀部。那份温暖，那份热力，从背部的每一块肌肉中缓缓散发出来，缓缓地地融入我的全身。我仿佛进入了一种冥想的状态，对外界的声音和打扰变得不再敏感，我只是沉浸在这片刻的平静和放松中。这种感觉好像一个梦，一个我完全融入其中，与所有事物共享暖意的梦。

二十分钟后，安吉拉灵巧地取下每一块热石，将它们一一放入旁边的篮子里。接着，她离开了一会儿。当她回来时，手中捧着一条温热的毛巾，她小心地将毛巾铺在我的背上，那份热度恰到好处，既不热辣也不太过温和，让我能够完全放松享受。在大约二十秒后，她用毛巾擦掉了我身上的按摩油。

"好了，约翰逊先生，你可以翻过身来了。我会开始按摩你的前身。" 安吉拉的温和一如既往。"请不要害羞。我会以专业和尊重的方式为你服务。在这个过程中，你会得到一次全面的正面身体按摩。我会重新放置热石，然后开始按摩你的前身。在此期间，我还会继续向你讲述我的故事。"

在这个独特的按摩过程中，听着安吉拉的故事，我感觉到了一种人与人之间最纯粹的联系。我们之间的界限变得模糊了，我能感受到她的喜悦，她的痛苦，她的希望和她的恐惧，就像这些感觉都是我自己的。我们的人生虽然有着各自的轨迹，却又如此的交织在一起。我似乎感觉到我与她，以及与宇宙连结在了一起，合而为一。在她的手和热石的抚触下，我仿佛可以感受到我们生活的这个世界的脉动，那种强大而又微妙的力量，如同生命之流，穿越在每个生命体内。

安吉拉讲述道："在我来到亚特兰大之前，我在加州的洛杉矶和德州的达拉斯做过按摩师。"她的声音低沉而坚定，"如果有人来我们工作的地方调查，我们会被迅速转移到其他城市躲藏起来。那个我在达拉斯工作的地方，直白点说，就是一个提供色情服务的场所。我们被迫提供按摩和性服务。如果我们拒绝，老板会连踢带打地暴力虐待我们。"她的话语像一把尖刀，瞬间刺入我的心中。她的过去的痛苦和绝望如同一幅黑白画卷，在我的脑海中展开。我想象着她在那个色情场所里，面对无尽的屈辱和苦痛，默默忍受，无法反抗的情景。我能感受到那份被束缚，被剥夺了自由和尊严的无助与绝望。"我被这样折磨了好几年。但最终，我找到了逃离的机会，我来到了亚特兰大，遇到了我的救星。"她的声音开始充满希望，"我已经成功偿还了以前签订合同的债务，并且现在我有能力寄钱给我在中国的家人。一旦我获得了公民身份，我会将我的女儿和丈夫接到美国来，我们会开始全新的生活。"

听完安吉拉的故事，我被深深地触动，就像一颗石子投入湖面，激起了层层涟漪。她的经历充满了苦楚和凌辱，这让我心中充满了深深的同情和怜悯。我竭力抑制住自己的眼泪，我希望我的眼神能为她带来一丝安慰，而不是让她看到我无助的哭泣。尽管房间内的灯光昏暗，我还是害怕她看到我无法抑制的情绪。

安吉拉离开房间去取热毛巾给了我擦去眼泪的机会。我渐渐地平静了下来。我被她的故事深深吸引，仿佛一个旁观者，观看一部关于挣扎和希望的电影。我被她的力量所感动，她的生活充满了挑战和挫折，但她始终没有放弃，从未失去希望，她把每一次挫折都转化为成长的动力。她用自己的行动，展现出了人性中最美好的一面：无论生活多么困难，人都有挺过困境，找到光明的能力。这种力量，这种决心，让我在她身上看到了一种照亮我内心，让我深受鼓舞的光芒。

安吉拉回到房间一边擦去我身上的按摩油，一边说，"约翰逊先生，希望您喜欢这次的热石按摩。我很荣幸能与您分享我的故事，并为您提供服务。"

"谢谢你，安吉拉。" 我回应，"我期待下次再来。我希望你未来的人生能够越来越好。"

穿上浴袍，走向更衣室。我快速地冲了个澡，然后在桑拿室里待了一会儿。我需要时间来消化我所听到的一切，以及它们在我心中激起的波澜。过了一会儿，我回到淋浴间，将桑拿后的汗水冲洗掉。穿好衣服后，安静地离开了水疗中心，没有与任何人交谈。

在接下来的几天里，我决定待在家里休息，直到我的下一个至尊水疗中心的预约。我有很多事情要思考。作为一名作家，这些年，我讲述了许多人以及他们的故事。其中大多数都是半真半假，在虚构与真实之间游走。这让我不得不在寻找真相与保护他人的隐私之间做出选择。因为，当你开始探索并揭示一个人真实的生活状况时，有可能会带来不必要的伤害。这是我作为一个作家所面临的艰难抉择。我思索着这些勇敢的女士们的故事以及她们为何如此触动我：

也许是因为她们将曾经遭遇的那些不公，那些悲伤和痛苦紧紧地锁进内心最深处的一个小盒子里，封存起来，然后鼓起勇气重新开始她们的生活，寻找生命中的宁静和安宁。

体会着她们的生活，同时也反思着我自己的人生，也许我需要更加深入地体验和感受生活中的胜利，让这些胜利的光芒照亮我，引领我走出过去的阴影，而不是任由那些曾经让我深陷苦痛，甚至差点把我淹没的黑暗力量继续束缚我。我开始意识到，遭受苦难原本就是人生不可分割的一部分，而人的勇敢也许就是虽然深知活着就意味着不可避免地会遭受伤害，经历痛苦，但是，我们仍然要坚持下去，世世代代地延续生命，充满信心和希望地走向未来。因为我们知道，只有经历了黑暗，我们才能更加珍惜光明。只有经历了困苦，我们才能真正理解和欣赏胜利的价值。这是一种深刻的，人性的勇敢，一种对生活深深的热爱和执着，也是我们在人生旅途中，坚韧不拔，永不放弃的信念和力量。

第七章

坎蒂

又是一个美好的星期一的早晨。我花大部分时间在整理车库。我想我已经准备好了去市中心。上周，我预约了坎蒂的按摩。我知道黑暗隧道的尽头总会有一束明亮的光在等待，为我按摩过的每位女士似乎都有过这样的经历。我虽然对坎蒂的故事充满了好奇，但是我希望不会那么黑暗。

就在我穿好衣服准备离开家的时候，电话响了。

"伊桑，我是安娜塔西娅。我打电话是想和你确认你今天上午十点的预约。"

"是的，我会准时到。我正要出门。"

"太好了！水疗之后，你能来我的办公室和我一起吃个午餐吗？"

"那太好了，安娜塔西娅。我终于能见到你并和你一起享用午餐。"

"好的，伊桑，水疗结束后见。"

我拿起钥匙，走出门，驱车前往水疗中心。和往常一样，当我到达时，我把钥匙交给了服务员，然后走向电梯。这次当电梯门即将关闭的时候，一双小手把它们拦住了。

"早上好，伊桑。"

"早上好，坎蒂。你今天是迟到了吗？"

"不是的，伊桑。我特意下来接你的。希望你不会对我即将为你做的深层组织按摩打退堂鼓。"

"坎蒂，我怎么会错过如此美丽的女子用她温柔的双手为我按摩的机会呢？"

"那就好，伊桑。今天你的按摩是免费的。我已经替你付了账。你不用去桑尼那里付费了。"

"哦，坎蒂，非常感激你的慷慨。" 我吃惊地回应。

坎蒂带我穿过双扇门。匆匆的和桑尼打了个招呼，并告诉她我会在和安娜塔西娅午餐之后来见她。我和坎蒂进入了按摩室。与其他女士们的方式不同，她开始一件一件的帮我脱衣服，并全程与我保持眼神交流。

"伊桑，请躺到按摩床上。今天我会为你做深层组织按摩。你已经知道我的名字是坎蒂。我姓姚。自从第一次见到你，我就开始期待着能为你做按摩。我知道你和安娜塔西娅只是朋友，所以我想让你知道，我很心仪你。我今天的任务是为你提供最好的体验，我不希望我的服务和我即将讲述的故事给你带来任何的不适。"她深情地说着。

我不知道我是应该兴奋、害怕，还是应该立刻穿上衣服，冲出门去。但是我知道坎蒂一下子把我精气神儿给提起来了，让我不再想起其他女士们的遭遇。我迫不及待地想听她的故事和体验她的深层组织按摩。

"嗯，伊桑，瑞典式按摩和深层组织按摩之间没有太大区别。只是我会用更大的力度，并且每一个动作会持续更长时间，从而来触及你的深层肌肉。我希望你在我为你做这个很棒的按摩时可以尽可能的放松。"

坎蒂首先在我身上铺了一条大毛巾。她从我的颈部到小腿，均匀地施加力度。她移动到我身体的另一侧，重复了同样的过程。然后用毛巾盖住我的臀部。她的整个身体移动到我的背部，慢慢地开始用她那温软和娴熟的双手从我的下背部滑动到中背部，然后是上背部直到颈部。她展开双手向外按摩我的肩膀。然后她用拳头从我的肩胛骨施加压力，一直到腰部。她的身体紧贴着我的，但我并没有感到被压迫的感觉，反而很放松。当她完成背部的按摩后，她的整个身体从我的背部移开时，轻轻掠过我的臀部和大腿，似乎是在向我发出亲昵的信号。

"伊桑，你怎么样？我希望这个力度正合适？"

"力度很好，坎蒂。请继续。"

坎蒂走到按摩床的前部—我的头部所在的位置。她在手上涂了一些按摩油，然后爬上按摩床，双膝分别放在我的头的两侧。然后她向前俯冲，用力滚动按摩我的肩膀和背部。从力度到按摩的移动方式都令我亢奋。她用双手和前臂摩擦我的背部。每次她返回时，她的大腿内侧都会轻轻擦过我的头。这给我的身体带来了很强的感官体验和情趣，我尽量让身体不表现出任何反应。然而，我内心的炙热的欲望似乎不受控制的随着她的身体的来回移动在的摇曳不定的烛光下狂舞。

"伊桑，你还好吧。深层组织按摩有点像我的生活。与其他女孩不同，我选择成为一名按摩师，并热爱我的工作。我出生在美国，但我的人生开始的并不理想。我不知道我的父母在哪里，他们到底发生了什么。我的童年和青年时代都是在政府安排的寄养家庭度过的。我曾遭受性虐待，年纪轻轻就染上了毒瘾并开始了卖淫。在我成年后的头十年里，我流浪街头。不幸中的万幸是，我从未进过监狱。那个时候，我过得很糟糕，只是过一天算一天。但有一天幸运降临了，我遇到了安娜塔西娅。那天她穿着一件黑色连衣裙和黑色高跟鞋，看起来非常迷人。她的出现使我心中燃起了一团火焰。我立志要成为像她一样的女性。所以现在每天我都很努力的工作，希望能攀登到我心目中的成功的山峰。我努力成为了一名按摩师，获得了高中毕业证书，然后进入了亚特兰大技术学院的夜校学习班学习商业管理。这些都在按计划进行，但是目前我唯一遗憾的是还没有找到一个像你这样受过教育的男人。你是单身吗？" 她突然问道。

"目前我正享受着自由的单身时光，坎蒂。" 我开心地回答。

"好吧，如果我的导师没有俘获你的心，记住我的大门为你敞开，我可以成为你专属的，私人按摩师。"

"坎蒂，我记在心上了。"

"好的，伊桑，是时候加些力度了。"

坎蒂从按摩床上下来，站在我的下腹部。她用前臂深深地按压我的腿上的一些我从未意识到存在的肌肉组织。之后，她的手指深深地按压在我的脚底。她抬起我的腿，突然向臀部方向推，这种突如其来的冲击力使我差点叫出声来。她在我的屁股上轻轻的拍了拍，暗示我要保持冷静和放松。我感觉我的下半身的每个部分都在愉悦中遭受折磨。在我觉得这样的状态将会是永恒，一直持续下去时，她停了下来，极度满足地看着我，然后充满成就感得说她又成功完成了一次艺术创作。她喘了口气出门去取热毛巾。

我躺在按摩床上，体味着身体的微妙感受。从我的肩膀和后背一直到大腿和脚跟，我感受到从未体验过的疼痛与释放，有一种飘飘欲仙的错觉。我正试图把自己从仙境中唤醒时，坎蒂带着热毛巾回来了。这些女士们在按摩过程中和之后清理油脂的动作都非常相似。坎蒂将一条热毛巾放在我的上半身。用第二条毛巾擦洗我的下半身。之后，坎蒂用柔软的双手帮我翻身，让我平躺在按摩床上。

"你还好吗，伊桑？"

"是的，坎蒂，我很好。"

"现在是一决高下的时候了。看到底谁应该带你回家。 是我，还是安娜塔西娅。" 坎蒂的话语伴随着按摩油在空气中弥漫。她将按摩油倒在手中，涂抹在我的脖子和肩膀上。每一次触碰都像是敲击在我的灵魂深处，使哪些隐秘的疼痛有了出口。治愈的力量在她的指尖跳动，沿着她的手掌蔓延，流淌到我身体的每一个角落。我从未尝试我如此深入的按摩，坎蒂每一次指尖的压力，带给我痛苦和快感的交织，我沉浸在这种美妙的痛苦之中，每个细胞都仿佛在她的指尖下焕发新生。

"你怎么样，伊桑？" 她亲切地问。

"我很好。这对我来说是一种从未有过的体验。在今天之前，我从未接受过深层组织按摩。" 我回应。

"我很高兴你喜欢。" 她开始为我的头部做第二轮深度按摩，那是一种如诗如画的轻抚，就像对待刚出生的婴儿般轻柔。她的手掌滑过我的脸庞，仿佛触动了我心中最细腻的弦。当她的指尖滑倒我的脖颈，手法从轻抚变为拉伸，仿佛在与我的脖子上紧张的肌肉在做一场沉默的对话。她再次在手上涂了按摩油，指尖如同弹琴的艺术家，沿着我肩膀的线条轻弹。她的按摩技术娴熟，每推挤一次，我肌肉的紧张就消除一丝。她的双手继续游走，滑过我的胸部，降到我的腰际。我筋骨之间的紧张在她的手下渐渐消散。她手指的力度，仿佛唤醒了由于我年龄增长而遗忘的那两块腹肌。随后，她的双手开始在我的臀部和大腿下方有节奏的敲击，我的身体在她每一次均匀力度的敲击下如同鼓面般振动，达到了一种有节奏的和谐。最终她将注意力转向我的双腿和脚底，细致入微的拉扯每一跟肌肉，使我沉浸在这份身心的喜悦中，几乎分不清我是醒着的还是在梦中。

坎蒂开始拉伸我的脚趾，发出轻快的啪啪声，那种声音充满了节奏感，宛如一首轻松愉快的乐曲。每当我听到这个声音，我知道，那是按摩即将完美收尾的前奏，也是我该从幻梦中回到现实的信号。

"伊桑，我去拿热毛巾，帮你擦掉身上的按摩油，之后你可以去享受一个热水澡，然后…然后你就会惦念着我，这一生都会。" 她说着，声音中充满了调皮的笑意，仿佛是一种甜蜜的戏虐，半真半假，让人听了既疑惑又期待，像是一首未完待续的歌。

坎蒂为我做的按摩无疑是一流水准，她的故事与这里的其他女士截然不同。让我感到惊讶的是，她竟然是美国人。我原本以为在这里工作的女性都来自中国。

"好的，伊桑。我现在来帮你擦掉按摩油。你只需要放松就好，让我来照顾你。记住我跟你说的，如果安娜塔西娅没能带你回家，别忘了给我打电话。"

"我会记住你的，坎蒂。"

坎蒂微笑着看着我离开她的房间。我再次深感坎蒂故事中的苦与乐。它虽然特殊，但又似曾相识。她似乎已经找到了从黑暗中挣脱着走出来的方式，以按摩师的身份去拥抱属于自己的明天。我为她那股不屈不挠的活力和坚韧的毅力而赞叹不已。洗完澡后，我差点儿忘记了安娜塔西娅邀请我一起共餐。我赶紧把衣服穿好，向安娜塔西娅的办公室走去。

"你好，安娜塔西娅；我希望我没有让你久等。"

"没事，我一直在耐心等你。我知道深层组织按摩需要更多的时间。我也知道坎蒂善于照顾她的顾客。她天生就是个按摩师。"

"我完全同意。那么，安娜塔西娅，你为什么要和我共进午餐？"

"嗯，伊桑，你的疗程已经过半了。我想知道你对这些女士和我的生意有没有一些反馈意见。" 她深情地看着我说。

"安娜塔西娅，我以前对按摩水疗中心的认识几乎是零。当我第一次见到你时，深深得被你吸引住了，我充满了强烈的欲望，想要进一步深入地了解你。通常如果我对某一位女士感兴趣，我会主动向她索要电话号码，然后再接触。但我们的情况有所不同。这几乎像一部悬疑小说的戏剧化版本。" 我向她坦白道。"但是我想我可以回答你的问题。首先，你的商业运营非常专业。你的办公室布局和氛围都让人感到十分舒适。我从未见过比你这里更好的水疗中心了。你的团队中的每位女士的专业和敬业给我留下了深刻的印象。她们的技巧精湛，并且每个人都深入地分享了她们的人生历程，及其她们是如何在事业上获得成功的。他们都无一例外的谈到了你在她们成功道路上的重要作用。你的出现和给予的帮助，让她们的世界发生了翻天覆地的变化。她们都对你这个老板和导师，充满了深深的感激之情。我完全能理解她们的感受。对我而言，你和你的员工让重新找到了写作的灵感和热情。总的来说，我非常满意你们为我提供的高质量服务。"

"伊桑，非常感谢你对我们工作的肯定。我希望你不介意我提出这个问题。虽然客户的反馈对于我们提高服务质量非常重要，但你在我中并非仅仅是一位客户。我希望通过我的员工，你可以更深入地理解我这个人。你的日程表上还有其它的女士等着你去体验和了解。我希望这顿午餐能够成为增进我们感情的一个开始。"

说到这，安娜塔西娅端出为我准备的小沙拉，里面有饱满的生菜、脆甜的黄瓜、色彩鲜艳的西红柿、香脆的红洋葱、切碎的煮鸡蛋、甜美的切片草莓和几片橙子。她递给我一包醇厚的意大利沙拉酱。午餐非常美味。我们用一杯清新的绿茶结束了这顿愉快的午餐。

"我期待着继续我的日程安排，也期待着与你继续这段感情之旅。"我对安娜塔西娅说。

"伊桑，我们的旅程已经开始了。我们曾在一起参观可口可乐博物馆。我们手牵手一起散步。在心灵深处，我已经开始了与你的亲密之旅。现在，我们就像一对情侣一样共享午餐。所以，我想你可以说我们正在了解彼此，到目前为止，我喜欢我所了解到的你。"

"我同意。尽管接触你的方式比较特殊，但我真的非常享受了解你的这个过程。" 我深情地望着她说。

"好的，伊桑，你下次预约是什么时候？"

"我还没有安排剩下的预约。"

"那么，我现在就帮你安排。你下一次的预约是和朱迪，她这周四下午一点到三点有空。"

"好的，安娜塔西娅，那就安排在下周。"

安娜塔西娅花了几分钟时间将安排输入电脑。

"好了，桑尼会给你打印出你的日程安排。周四见"

我站起身，安娜塔西娅陪我走到门口。像往常一样，她给了我一个深深的拥抱，并亲吻了我的脸颊。我走出她的办公室，告别后离开。

"约翰逊先生，这是您的日程安排。本周四下午一点到三点是您和朱迪的预约。下周一，您将在上午十点至十二点与安娜见面。下周四，您将在下午三点至五点与米娅见面。您的最后一个预约将在下下周二上午十点至十二点，您的按摩师是艾薇。在您最后一个预约结束后，安娜塔西娅希望您能去她的办公室和她见面。"

"非常感谢，桑尼。周四见。"

我告别了桑尼。回家的路上，我心中并未感到一丝沉重。坎蒂的故事中满载了悲伤，但她的结局却令人欣慰。在我听过的所有女士的故事中，她的道路可能是最为坎坷的，但她如何在狂风暴雨后看到彩虹的过程却让人振奋。她从目标中找寻力量，从安娜塔西娅那里看到了生活的灯塔，最后，在灯塔的指引下步入光明，这种转变令人鼓舞。

坎蒂的故事让我深深地体会到，生活即使充满了挑战，也可以通过坚韧的信念和毅力找到希望的火种。这种在困境中寻找力量的精神，使我更加期待未来的预约，更加期待那些还未揭晓的故事。

第八章

朱迪

经过在家中的数日修养，静心冥想，排解了心中的阴霾，我期待着再度回到至尊水疗中心，继续我所探寻的旅程。我做好了迎接下一个预约的准备。如同每一次，我总是提前出发，确保我能按时到达目的地。我抵达了外交官酒店，那里的停车员早已对我非常熟悉。我穿过华丽的大堂，毫不犹豫地向电梯走去。我按下了上升的按钮，这次没有任何人阻止电梯门的关闭。朱迪或许正在为我的即将到来做准备。电梯在二楼停下，门一打开，我看到桑尼绕过桌角走到接待台前，准备迎接我。

"早安，约翰逊先生。" 桑尼欢快地向我打招呼。

"早上好，桑尼。希望你一切都好。"

"我很好。看样子你今天已经准备好接受指压按摩了。" 她说指压按摩几个字的时候的语气充满了恐怖的气氛。

"是的，我已经准备好了。你不说指压按摩还好，你一说，我感觉我全身的肌肉都开始紧张起来了。这是我的信用卡。"

"谢谢您，这是您的收据，请享受和朱迪的按摩。"

"我会的。"

穿过了双扇门，我感到一种不寻常的气氛，仿佛一场即将到来的风暴正在向我袭来。这让我想起了《绿野仙踪》里的一句台词："狮子、老虎和熊，哦，我的天啊。"好像我马上要面对一些可怕的未知。然而我知道我不能退缩，要以积极的态度去面对朱迪。

"早上好，朱迪。" 我热情的向她美丽的背影打招呼，然而当她转过身时，我以为我看到了一个老巫婆，她伸出长长的手指，时刻准备把我剁碎，然后扔进滚烫的锅里。

"早上好，约翰逊先生。你还好吗？你看起来有些紧张。其实没有必要害怕。我一直期待着与你分享我的按摩技巧。只需要几分钟，我就能折断你的骨头，把你放进我的炖锅里。"

"你说什么，朱迪？"

"我说，请脱掉你的衣服，躺在垫子上。我不会折断你的任何骨头；当按摩结束时，你会感到焕然一新的。所以，请换上挂在那边的短裤，我们就可以开始了。"

朱迪的话让我感到有些措手不及，她怎么会知道我内心的想法呢？她不会真的是一个巫师吧，我开始胡思乱想，想象着即将发生的事情会是一场充满奇幻和神秘的体现。

"好的，约翰逊先生，你看，我已经将房间里的按摩床换成了一块大垫子。指压按摩的说法来自于日语，意思是用手指施加压力。这种按摩是已知的最古老的按摩技术之一。本次按摩中，我会用手指、手掌和脚来释放您的能量流，帮助您，放松以达到身心平衡。我会用到伸拉、关节移动和控制等按摩技巧。您有什么问题吗？"

"没有，朱迪。我希望我能在经受这次按摩之后安然无恙。" 我开玩笑说。

"你会的，约翰逊先生。" 朱迪眼中闪烁着顽皮的笑意。紧接着她端正身姿，自我介绍道，"我是朱迪·斯，我在中国云南的南部出生和长大。几年前，我申请了工作签证，现持有绿卡并正在等待我的美国公民申请获批。自从来到美国，我一直和安娜塔西娅一起工作。她是我的担保人。"

"我明白了。你是我在这里见到的，第一个主动选择这份职业的女性。"

"是的，我是团队里唯一一个这样的人。我非常热爱这一行，并且很享受现在的生活，无怨无悔。我希望当我开始帮你拉伸身体时，你也不要后悔。"朱迪半开玩笑地说着。

朱迪先是轻轻地用手掌按压我脊柱两侧的肌肉。我趴在那里，一动不动，不知道接下面会发生什么。她从我的腰部开始，用指尖一路向上推拿，直到颈部。之后，她用手肘沿着我的躯体两侧滑动，逐块挤压着我的肌肉。然后，她坐在我的背上，抓住我的胳膊向后拉伸，直到我喊疼为止。她随后开始一块接一块地捏揉我的肩膀，直到我听道一声清脆的咔哒声。那声音如此巨大，仿佛从我体内爆发出来，使我不禁误以为我的胳膊被折断了。

朱迪站在我的头部。慢慢地、温柔地将手放在我的脖子下面，轻轻抚摸，以免拉扯到皮肤。她将我的头微微转向一边，然后用拇指向上按摩，直到颅骨底部。

完成脖子的按摩后，朱迪移至我的右侧；力度适中得用双手按压我的手臂，从前臂到后臂，最后触及到手。朱迪在我的左侧开始同样的步骤，但这次，她添加了一些不同的拉伸动作，令我体验到了一种全新的疼痛，像是千万根针同时刺入我的肌肉连接处，然后从我身体里的每一处肌肉中涌出，让我瞬间紧张起来。 但这同时也带来了一种神奇的解脱感。这种疼痛如此独特，久久无法消逝。朱迪让我转身趴在床上，然后开始了一系列变化多样的拉伸和按摩。我能感觉到每一处肌肉像被潮水般的力量深深地牵引，犹如大海的涛声击打岩石般的有力，同时她的手指像艺术家的画笔在我身体上精准地划过。感觉仿佛是一幅生动的画卷，在我的身上一点点展开。当她宣告按摩即将结束时，一种温暖的疲倦感油然而生，让我不禁松了一口气。然后我说出了一句我至今仍然后悔的话。"我很高兴你没有用你的脚进行按摩。"

"伊桑，你这话说得有点早。用脚进行按摩是我们这次按摩的最后一步。"

朱迪再次让我趴在按摩床上，我忍不住向身后瞥了一眼，心里不禁揣测着接下来可能会发生的一切。我感到她的一只脚稳稳地落在我的右腿上，然后以一种慢而有力的圆周运动向上滑动，轻轻环绕着我的臀部。之后，她转向我的左腿，以同样的方式和节奏，熟练地重复了整个过程，犹如一首优美的舞曲在我身体的肌肉之间跳跃。在继续下一步之前，她问我是否愿意尝试她用脚部按摩我的后背。我迅速而坚定说不必了。我感到一种如释重负的轻松感，因为我知道这将是整个按摩程序的最后环节。

"好了，约翰逊先生，我希望你喜欢我的故事和我的按摩技巧。欢迎你随时再来。" 朱迪温和地说。

"谢谢你，朱迪。" 我回应，尽量保持声音平稳，"长痛不如短痛。我开个玩笑。这次指压按摩确实让我大开眼界。特别是那些疼得让我不禁握紧拳头的时刻。不过，开玩笑归开玩笑，我真的很欣赏你的按摩技艺，我很愿意再来。"

"太好了，约翰逊先生；你可以换好衣服后，去享受我们的其他服务。" 朱迪提醒说，"如果我没有记错的话，你下次按摩预约是下周一，是和安娜女士的。她是一名出色的按摩师，我偶尔也会体验她的泰式按摩。有时候那种感觉真的很销魂。"

我点头道："我们下次见，朱迪；再次感谢你。"

我离开按摩室时，脑海中回荡着朱迪说的最后那个词一销魂。这简直是太对症下药了。我对自己说。我现在需要先去洗一个热水澡和做个桑拿。我原以为这些按摩应该让人放松。但每次结束时，我总觉得我需要一些药物来帮助我恢复元气。

第九章

安娜

在周末期间，我来到亚特兰大市中心，期待安娜塔西娅能出现在那里。但是，我并未看到她，只有墙上那句熟悉的铭文。我望向她办公室的方向，想象她是否正站在窗前微笑地注视着我。我在那里驻足了几个小时，观察着熙熙攘攘的人群。随着时间的推移，我的期待也逐渐消散。我带着失落的情绪回到家，度过了一个平静的傍晚。然而，那个晚上，我却做了一个关于我和安娜塔西娅的首次正式约会的甜美的梦，早晨醒来时，我感觉自己仿佛焕然一新。

周一的早上，一想到我朱迪曾经说过，泰式按摩对她来说，是一种能改变人生的体验，宛如一场情感洗礼，我不禁开始好奇，这场体验是否也会为我带来同样深远的影响？期待和焦虑，如同潮水般涌向我，让我有些措手不及。我在之前的几次按摩中，都已经触摸到那种改变人生的体验的边缘，仿佛就在触手可及之处，却又若隔三秋。而今天，是否会揭示出安娜塔西娅为何如此希望我体验按摩的真正原因？是时候停止胡思乱想了。清醒的思绪逐渐取代了杂乱无章的念头，我启动汽车向至尊水疗中心进发。我计划提前到达，以确保我有足够的时间来调整心态，准备迎接这场新的体验。熟悉的停车员笑容满面，接过我手中的车钥匙，我收下了他递过的停车票，这已经成为了一种常态，一种仪式。然而当我瞥见这位穿着传统泰国服装的娇小女子时，我的心跳瞬间加速。她的美，犹如一场静谧而强烈的旋律，扣人心弦，让人无法用语言描述。

"早上好，安娜，你今天看起真是美若天仙。"

"早上好，约翰逊先生。希望今天能给你带来好运。"

"我觉得我的好运已经来了。我必须得说，我没想到你会如此华丽地盛装出来迎接我。"

"我听说你在上次按摩前有些恐惧。我想让你知道，在我这里，你会感到安全。泰式按摩是非常柔和的，它犹如瑜伽，只不过是我将瑜伽动作施展在你的身上。"

"我想在和桑尼打完招呼之后，我们就可以开始了，安娜。"

"好的。约翰逊先生，我和你一起过去，然后护送你到我的按摩间。"

"早上好，桑尼。你的周末过得愉快吗？"

"是的，约翰逊先生。谢谢您的关心。这是您的收据。安娜塔西娅问您今天按摩后是否愿意和她一起喝茶。"

"如果我能从我的'瑜伽教练'那里完好无损地走出来，我会很乐意去见安娜塔西娅的。" 我开玩笑地说。

桑尼笑着对安娜说，请把他完整地还给我们。我其实并不感到紧张。一个如安娜般美丽的女人，怎么会对我造成伤害呢？不可能！安娜领着我穿过双扇门进入她的按摩房。她递给我一条短裤和一件 T 恤让我换上。"你愿意在这里换衣服还是去男更衣室呢？我保证不偷看，不过可能会忍不住咬你几口，" 她顽皮地笑着。

我迅速换上了安娜递给我的短裤和 T 恤，准备开始按摩。我将我的衣物一把扔向衣架，竟然恰到好处地挂在了钩子上。这比我在高中篮球赛中表现最佳的时候的投篮都准。我回过头来想看看安娜有没有注意到我的投篮，却看到她正在解开裙子的拉链，轻巧地将其滑过头顶脱下，展露出她的完美身材。我被只穿着运动上衣和紧身短裤的安娜深深地吸引，情不自禁地欣赏着她曼妙的身姿，以至于忘记收起嘴角的微笑，目光中全是对她的欣赏。

"我明白的，约翰逊先生。很多客户都有这种反应。我只是戏言一番，记住我说过我只会咬你几次，不会吃了你。"

在这种半调情半开玩笑的气氛中，一个全新的按摩体验开始了。

"约翰逊先生，我能叫你伊桑吗？在几杯红酒裹肚后，我觉得我们之间的关系已经亲近得像恋人了。其实我更喜欢喝干邑来放松。"

"你叫我什么都行，安娜。只希望你能手下留情，对我温柔一点。"

"我一定会的，伊桑。现在，按照老板的要求，我要与你分享我的故事。" 安娜的声音从轻松变得沉重，她的手指在我身上的按压也越来越有力度。"我的全名是安娜周，我来自中国的贵州。我和这里的许多女士一样，并非自愿选择来到美国，是我丈夫逼我来的。我们在中国过着贫困的生活，靠在国有农场劳动为生。他向一个地头蛇借了高利贷，如果两年内无法还清，他就得进监狱。两年过去了，我们无法偿还债款，他便以我为抵押，这样他就可以逃避牢狱之灾。我需要至少做三年的按摩师才能偿清他的债务。现在，我已经在美国生活了七年。在我丈夫欠债的前五年，我经历了许多可怕的事情。自那以后，我就再也没有见过他，也没有联系过我的家人。我不知道他们现在过得如何。我有一个妹妹，我害怕她也可能遭遇和我一样的命运。之前，我在一家水疗中心工作时被亚特兰大警察局以卖淫为名逮捕。安娜塔西娅支付了我的保释金，并找到一位很好的律师帮我撤销了指控，使我从那个水疗中心解脱了出来后。安娜塔西娅一直是我的救星。她帮我重获自由。我现在持有工作签证，每四年续签一次。我希望能拿到绿卡，然后获得公民身份。我很想回到中国去和我的父母团聚，我希望他们还活着。我给他们旧地址写过信，但从未得到回复。所以，等我拿到绿卡后，我会回中国看看他们是否还住在我家乡的村子里。现在，我晚上上大学，我报了一个护理课程。我想为我的未来打下坚实的基础，并且回馈社会。我一直希望能成为一名护士。安娜塔西娅给了我实现这个目标所需的条件。"安娜讲得很投入，但是并没有忘记她的本职工作，她随后问道，"伊桑，在我们开始之前，你对泰式按摩有什么疑问吗？"

"我没有问题。我已经准备好让一个如此有魅力的女性来按摩我的身体了。" 我回答道，声音中充满了期待。

听到我的回答后，这位我所见过的最性感的按摩师开始如同优雅的舞者般在我的身体上游移。"伊桑，正如我先前提到的，泰式按摩就像是在做瑜伽。我需要你面朝下躺在这块垫子上。我会从你的腿和脚开始，通过对你身体的按压和伸展来唤醒你的能量流动。"

安娜用如丝绸一般轻柔的双手，优雅而有力地拉伸我的腿，我的肌肉在她的指尖下像钢琴的琴键一样弹跳着，令我感到深深的放松和欣喜。随后，她用均匀而稳定的压力刺激我的脚底，仿佛一场闪电在我的神经中燃烧，唤醒了沉睡的感官。

接着，她将我的腿交叉在一起，我仿佛被束缚在了她的魅力之中，无法自拔。她的手在我的大腿上落下，如同柔软的羽毛滑过皮肤，带来一股暖意，如同一缕晨光透过窗户照进充满着湿气的房间。她用轻柔而坚定的力度旋转我的腿，让我感受到一种前所未有的身体张力。

她反向地做出一模一样的动作，就像倒带电影，激活了我双腿和双脚的反射点。接着，她移动到我身体的右侧，手指在我手和手臂上流淌，给我带来如丝般的触感。

安娜如同在我身上起舞，精准地掌握着我的肌肉和筋骨，让我无法抗拒。她轻轻地坐在我坚硬的臀部上，抓住我的双臂向后拉，那种紧张的感觉瞬间侵占了我，由她带来的挑逗感觉在我身体内部涌动，让我忍不住感到一阵刺激，带给我想要继续探寻的欲望。随后，她稳稳地把膝盖放在我的臀部上，这不仅增加了她的姿势的稳定性，并使我更加屈从于她的动作，享受着她带来的快感。

她温柔地移向我的背部，犹如恋人的呵护，她紧握住我的肩膀，将我的身体向上拉。我感到她的身体紧贴在我的背上，她的体温透过我的皮肤，仿佛我们正在演绎一曲充满激情的热舞。她微调位置，靠近我的脚部，她的一只脚轻轻地放在我的腰间，将我的双腿向上拉，就像弓箭手拉弓待发。

接下来，她让我翻身躺在背上。她的手从我的脚开始，缓缓向前拉，就像熟练的画家在画布上细心描绘。她的每一个动作都仿佛与我面朝下躺着时的程序相对照。她移动到我的双腿之间，优雅地将我的右腿弯曲在膝盖处，她移到我的左腿，使其弯曲旋转，我的臀部也随之被带动着向左旋转，整个动作就像专业的舞者在舞台上旋转。完成后，她移动到我胳膊的位置，然后从我的肩膀开始施加压力，直到我的双手。她偶尔会让我的肩膀左右旋转，仿佛在拨动一把精致的琴弦。

最后，她温柔抚摸我的脖子，微微施加压力，使我的头随之从一边转向另一边。然后，她让我坐起来，她的胸部紧贴着我的背部，如同珍珠紧贴着贝壳。她优雅地向后拉伸我的肩膀。随后，她坐在我身后的地板上，将双脚平滑地放在我的背部中央，用力向后拉我的双臂，伸展着我的肩膀的张力。

最后，安娜挺直身体站起来，带着像春风般的气息，将我向我脚的位置轻轻拉伸。她温柔地环抱我，就像一个久别重逢的朋友，问我是否还好。我渴望这个拥抱能持续更久一些，于是我假装踉跄，希望能和她贴得更近更久些。

"小心点，伊桑。"她轻轻笑着警告我，"在你和安娜塔西娅见面之前，我可不想看到你受伤。我很喜欢与你分享我的按摩技巧，让我感觉我们之前有了某种更深，更特殊的连结。"

"我也有同样的感觉，安娜。"我深深地吸了一口气，声音充满感激和疲惫，"我想在见安娜塔西娅之前洗个澡。我可以把这些衣服放在更衣室里吗？"

"当然可以，伊桑。"她微笑着回答，眼神中闪烁着恋人的怜惜和关怀。

安娜的唇犹如春天的微风，轻轻落在我的嘴唇上，然后甜蜜地道了声再见。当害羞得拿起衣服，朝男更衣室走去，我的荷尔蒙像是被释放的，狂乱地在体内奔驰。我希望安娜没有看出什么来。我迫不及待地走进更衣室，洗个快速淋浴。当水流打在我身上，我脑海中充满了安娜的美丽画面。我闭上眼睛，仿佛可以看到她在我面前悄然脱去裙子的场景。这个幻象令人陶醉和向往。我仿佛能感觉到她的手在我的脚、腿、手臂、肩膀和背部留下的触感。我打了自己一个耳光，强迫自己清醒过来，因为安娜塔西娅正在隔壁的房间等着我，那里有茶点、舒适的环境，以及…天知道还有什么。

我抓起毛巾擦干身体，穿好了衣服，搏动着疲惫的心脏，走向安娜塔西娅的办公室。在我频繁的造访中，我从未在办公室与她交谈过。从我首次步入这个神秘世界起，已经三个星期过去了，我从未给她打过电话。也从未试图突破那个看似无形但却实实在在的界限。我期待着我们可以坐下来，不再是客人与老板，而是两个真实的人，进行深度的对话的时刻。因为在我心中，我觉得自己更像是一个被调度来进行内部调查的工具，而不是一个真正的客人。我渴望理解着其中的真相，理解她的期望，理解她的真心。

"你好，伊森。"安娜塔西娅的声音如同晨露，带着一份清新的气息，"我希望你很享受你的泰式按摩。"

"嗨，安娜塔西娅，" 我回应道，我很享受安娜的按摩技艺和她富有异国风情的泰式服装，尽管她只穿了一小会儿。" 我调皮的说道。

"我们认为你会享受按摩师以不同的特色呈现在你面前。我们经常以客户的需求出发来提供相应的服务，尽管我的首要任务是确保所有员工的安全。我们定期开会讨论各种出现的问题以及我们提供的个人或团体的水疗套餐。"

"那么，这过去的三个星期，我的角色是什么？" 我询问到。

"你不想先吃点水果吗，伊森？"她的声音平静而温柔，如同春天的微风拂过花朵，"来，我为你准备了一盘水果。你想来点绿茶吗？"

"好的，还有我的问题，你可以发发善心回答我吗？"我试图在她柔和的声音中显得淡定。

安娜塔西娅坐在我身边的沙发上，一片红润的草莓在她细腻的指间跳跃，然后送到了我的嘴里。她低头，闪烁的眼睛紧盯着我，眼中充满着关爱和理解。

"伊森，我们的旅程即将结束，你只需要有一点点的耐心。"她的声音在空气中回荡，像是一首她特别为我演奏的曲子。话音刚落，她将一片草莓用嘴唇捧起，然后缓缓地，递到我的嘴里。她如此亲昵的行为激起我的脉搏疯狂跳动，几乎让我无法自控。

她的唇间传递给我的不仅仅是草莓的甜美，更有一种无声的暗示，仿佛在诉说着未尽的话语。那一刻，我心中的欲望如同被点燃的火焰，疯狂地开始燃烧。我下意识地抓住她，欲将她拉进我的怀抱。

当她柔软的唇和甜美的舌尖触碰到我时，我的全身仿佛被电击，我的心疯狂地跳动，像是马上要跳出胸膛。我的内心被点燃的激情犹如熊熊烈火，我无法抵制对安娜塔西娅的渴望，那不仅仅是肉体上的，更多的是对她灵魂的向往。

尽管我喜欢其它女性给我做的按摩，但在这一刻，我清晰地意识到，我最需要的是安娜塔西娅的抚慰。

我们紧紧相拥着，不知过了多久，"伊桑，你在想什么？我认为是时候让我知道你的手机号了。你一直都有我的号码。我就在这儿，等着你给我打电话。整个周末，我都在问自己，'他为什么没有给我打电话。'那个周末你在市中心。我非常希望你能来我的办公室，或者给我打个电话，邀请我加入你。"安娜塔西娅一边深情地望着我，一边诉说着。

"安娜塔西娅，我并不知道我有你的电话号码，也不清楚你是否希望我给你打电话或者过来找你。我以为我需要完成这次旅程，你才会和我约会。你没有看到我在朝你的办公室观望吗？你无法想象我当时有多想你过来找我，邀请我去博物馆或一起出去吃饭。"

"伊森，也许你已经注意到，我们初次相遇时，我对你的态度可能显得有些过于主动，但是我更希望你能通过我工作的方式，来真正地了解我。每一个在这里的女士，包括我在内，都有一段值得被讲述的故事。我只是这些故事的一部分，我愿意将其与你分享，你也可以选择将它们展现给世界。"

"你的意思是，我应该记录下来吗？"我追问道。

"这完全看你自己。我不相信这世上有所谓的'退休作家'。作家应该一直讲述他们的故事，直到他们没有故事可讲为止。我帮助这些女士们，是因为我认为这是我义不容辞的责任。有许多女士没有这样的机会去分享她们的故事，她们被带走之后就杳无音讯了。而在这里的女士们是幸运的，因为她们已经分享了自己的故事。你如何看待和接纳她们的故事，那是你自己的事情。还有两位女士渴望分享她们的故事。你的旅程即将结束，你将如何运用这些素材，完全取决于你。" 安娜塔西娅清晰地表达这她的立场。

我坐在那里，陷入沉思。安娜塔西娅再次亲吻了我，笑说我是个傻瓜。吃完几片草莓，喝了一杯绿茶后，我亲吻了安娜塔西娅，与她告别，离开了水疗中心。

我一路上思考着，我一直有安娜塔西娅的手机号，却从未拨打过。我也在思考她给出的建议，思考着我应该或者不应该做的事情。我已经好几年没有写书了，但这里有一个等待被讲述的故事。我不确定我是否能够精准得传达出这个故事的精髓。我开始明白墙上的铭文其实是在讲述一个充满爱的故事，讲述着这些女性如何深爱着安娜塔西娅。安娜塔西娅给予他们的爱和他们封存在内心深处的爱，交织在一起，构成了一幅美丽的画卷。"因为你，我懂得了爱。"是他们的故事的真实写照。我开始思考应该以什么样的方式写出关于安娜塔西娅和她所帮助的这些女士的故事。好在我还有两个预约，还有时间思考我将要写些什么。

第十章

米娅

这周的最后一次按摩安排在了一个美丽的星期四的下午。我约定在三点钟去见米娅。我在想，今天安娜塔西娅是否有空陪我一起吃午餐。或许我不应该显得这么急迫，我不想把这个机会搞砸，但同时，我也不想自欺欺人，假装淡定。我最好先处理一些琐事，然后做好接受反射疗法按摩的准备。在前往水疗中心之前，我还有一个小时的时间。正在这时，电话铃响了。"你好，伊桑。我是坎蒂，希望我没有打扰到你。"

"你好，坎蒂。你没有打扰我。很何荣幸接到你的电话，有什么事吗？"我热情地回应

"嗯，米娅今天生病了，安娜塔西娅问我是否愿意今天替她为你进行按摩。我告诉她我很乐意。所以今天由我来为你服务。我希望你到了之后，先在干燥桑拿中待上三十分钟，然后再来我的按摩房。"

"没问题。那么，我现在就准备出发，为今天的按摩做好准备。" 我回应道。

"伊桑，你还记得我说过，如果你和安娜塔西娅没能成为恋人，我愿意做你下一个候选人吗？" 坎蒂轻柔的声音在电话中传递。

"我记得，坎蒂。"

"好的，伊桑，我的大门已经为你敞开。我期待在三点钟见到你。再见，伊桑。"

在我还未来得及回应时，坎蒂已经挂断了电话。我有些疑惑，为什么是坎蒂，而不是桑尼或安娜塔西娅打电话告诉我预约的变动。答案可能很快就会揭晓。现在时间接近一点半，我需要立刻出门，以确保我能准时到达水疗中心，按照坎蒂的指示行事。我拿起钥匙，走出了家门。今天过后，我还剩下最后一次按摩预约，然后，我想我可以展开对安娜塔西娅的追求。

下午两点整，我抵达了水疗中心，这给了我足够的时间在去见坎蒂之前能做个桑拿，然后洗个澡放松我的神经。和往常一样，我走进了电梯，但是电梯门关上的时候，我感到有些焦虑。我回想起坎蒂在电话里所说的话，当电梯门在二楼打开时候，我感到压力倍增，我的身体仿佛像是正在被挤压，有些喘不过气。

"你好，约翰逊先生。你还好吗？" 桑尼问。

我不知道该对桑尼说些什么。"我很好，只是有点紧张。做个桑拿就会好的。" 我回答。

"好的，这是你的收据。安娜塔西娅今天不在，她下周二才会回来。你的最后一次按摩将在那天进行。她正在参观我们在迈阿密的一家姐妹水疗中心。她要求我安排你们下周在艾薇为你完成按摩后的会面。" 桑尼说。

"好的，桑尼。米亚怎么了？"我问。

"米亚最近遇到了一些困难。她需要休息一周来处理一些个人问题。安娜塔西娅安排了坎蒂来代替米亚为你做反射疗法。我想你会喜欢的。坎蒂一直很期待有机会和你分享这种疗法。"

"再次感谢你" 我告别了桑尼，然后向桑拿室走去。

步入男士更衣室。我打算在干桑拿中待上半小时。这段时间我可以考虑如何委婉地让坎蒂知道我已经开始和安娜塔西娅约会了。坎蒂是一个美丽的女性，但我不想和她有任何误会，尽管我和安娜塔西娅至今只有过一两次亲密的接触。

自从上次和安娜塔西娅分别已经过去两天了，我们都没有联系过对方。也许她正忙于和朋友见面或者帮助其他需要帮助的的女性。不论是什么原因，我都可以理解。她已经给了我了解她的机会，并且我非常感激她和她的员工们对我的精心照顾。不论我们未来的结果如何，我都能接受并心存感恩。

三十分钟的桑拿感觉特别久。现在，该去见坎蒂了。我希望她能理解我的处境。虽然我并没有对安娜塔西娅有任何个人的承诺，但我希望我和她的感情能进一步增进，并且最终可以有一个圆满的结局。我快速洗了个澡，换上浴袍和短裤，然后径直走向坎蒂的房间。我有些紧张，不知道接下来会发生什么。

"嗨，伊森，我希望你很享受刚才的桑拿也希望你的毛孔都已经醒来，准备接受我的按摩。"坎蒂开场说，"足底反射疗法是一种替代医学，只通过使用特定的拇指、手指和手部技术在脚和手上施加压力，而不使用精油或乳液。但是今天，我打算把这个疗法与瑞典按摩结合起来，这样你可以同时享受到两种疗法的好处。另一个原因是我希望这样方法能使你达到身心愉悦。如果你觉得我用力过大，请告诉我，我会减小压力。现在，请脱下你的浴袍，躺在按摩床上。"

我按照茨地吩咐得做。她先是在我的背上铺上了一条温暖的毛巾，从我的肩膀开始沿着脊梁，一路按压到我的脚底。随后她把毛巾折到我的臀部，仿佛要遮住我的脆弱，将其隐藏。

她接下来把注意力转移到我的脚。她用手指细致入微地按压着每一个穴位，一股神秘的能量从她的指尖传递到我身体的每一个角落。她拉伸开我的每一根脚趾，让每一个小小的关节都尽可能地舒展开来。我甚至能听到她每一次拉伸时从我脚趾发出的微弱的咔嚓声。她的动作虽然果断，但她却尽可能地保持了温柔，力求不给我带来过多的压力。

完成了我的脚部的工作后，她转向我的左手，然后是右手，按摩每一个反射点。她的动作向雕刻家刻画作品的精细笔触，通过按压我手中的反射点来引导我的身体进入一种深深的放松状态。我感觉自己被完全的沉浸在这个过程中，整个世界似乎都在坎蒂的指尖下消失了。这种感觉，如同一股暖流在我身体内部流淌，疏通了我所有的经脉，我整个身体犹如被赋予了新生。虽然我知道我很快就需要和她进行一次必要的谈话，告诉她我已经和安娜塔西娅在一起了，但是在这个瞬间，我只想沉浸在她的抚摸之中，感受这份来自于她的无言的温暖和呵护。

"到目前为止你感觉如何，伊森？"

"我很好，坎蒂。"

"好的，我们已经完成了反射疗法按摩的部分。" 坎蒂的声音柔软地滑过我的耳边，"就像我之前说的，反射疗法本身并非传统的按摩类型，但它能与其他类型的按摩方式完美地结合在一起。现在，我将用精油按摩你的其他部位。"

坎蒂的手再次在我的身上启程，这次从我的脚趾开始，使用精油在我的每一个脚趾和每一块脚的肌肤上滑动。然后，她在我另一只脚上重复了这个程序。随后，她温柔地移向我的脚踝和双腿，每一寸皮肤都能感受到她手的温度和精油的滑腻。

她的手法和之前的反射疗法有异曲同工之妙，但也有一个明显的区别。这一次，她的手上多了一层油分，她轻轻地拉开我的双腿，缓慢地弯曲我的膝盖，让我的大腿有更大的伸展空间。然后，她开始按摩我的大腿，从脚踝一直按摩到髋关节。她旋转着手掌，一遍又一遍地在我大腿上来回滑动。我能感受到自己的感官被完全唤醒，沉浸在她每一个动作中。我躺在那里，一动不动，享受着她手的每一次抚摸。

她继续这样做了足足有十五分钟。我像是被带入了一种全新的感官体现，我不打算做任何的身体的抑制和抵抗，只想完全把身体交给她，体现她带给我的每一刻。

"你还好吗，伊森？" 她轻声问道，"我没有施加太多的压力吧？"

我略微调整了下自己的姿势，然后回答说："你施加的压力刚刚好。请继续。"

她继续着，犹如演奏着一首充满诱惑的前奏曲。我在脑海中幻想，如果我在家里有如坎蒂般的伴侣，我定会将这一切视为一场令人期待的前戏。很明显，坎蒂正用她所有的技艺来争取成为我的女伴。她的抚触唤醒了我身体的感官反应，让我的身体对她产生了热切地渴望。此时，她移向我的臀部和下背部，温柔而有节奏地施压。

"伊森，请翻身躺在背上。接下来的部分会涉及到刺激你身体前部的反射点。" 她说。

"好的，我并不知道身体前侧也有反射点。" 我惊讶地回应。

"伊森，反射点其实遍布你的全身，就像一张等待被发现的秘密地图。只需要放松，让我帮你找到并激活它们。" 她的声音里充满了自信。

坎蒂的手在我的身体上游走， 我感到一种深深的欢愉从我的内心深处散发出来。她的触感熟练而富有节奏，仿佛在演奏一首只有我们两个能听到的交响曲。我的身体如同散布着无数的小型电源开关，当被她的手指按压时，会在我身体内部激发出一股暖流。

坎蒂明显是决定要找到能让我产生生理反应的区域。我从不羞于接触女性的身体，而坎蒂也同样不害羞，这让我因为她的触摸而心动不已。我急切地期待着她的下一步动作，我的期待像是一根即将被点燃的火把。她的手温柔地滑过我的胸部，按摩着我紧张的肌肉，直到它们松弛下来。她的手在我的腰部挪动，手法温和而圆滑。她每一次的动作都在无声中暗示着接下来可能发生的事情。我急切地期待着她的下一步，她是否会像一名伐木工人，切割掉我最后的防线。把我彻底征服。我的大腿内侧感受到了和我趴着得时候同样的感官刺激和兴奋。正当我准备在她的手下投降时，她却离开我的敏感区域，转而移向我的膝盖，小腿和脚部。

"好了，伊森，这是这次按摩的尾声。我会像之前那样用热毛巾清理你皮肤上的按摩油。" 坎蒂温和地说道。

我深深地吸了口气，回应道："坎蒂，非常感谢你替米亚代班。你的技术真的非常棒，接受你的两次按摩真的是一种享受。如果我和安娜塔西娅最终没有走到一起，我希望你能给我机会和你约会。"

"好的，伊森，那就请把这次看作我们的第一次约会吧。" 坎蒂微笑着说。

"再次感谢你，坎蒂，"我的话语间暗藏着对她的欣赏和期待。我被她的决心所打动，被她坚持要成为我生活中的一部分而感动。之后，我走到更衣室去换衣服，我的思绪飞转，试图理解刚刚发生的一切，同时也想知道安娜塔西娅为什么今天不在。

第十一章

艾薇

今天是星期二，也是我在至尊水疗之旅的最后一天。我将与艾薇见面，体验一次运动按摩所带来的深度放松。我已经从之前女士们的故事中缓过神来，与他们的每次相遇都是一种美好的体验。他们每一位都为我提供了出色的按摩服务，同时也激发我内心的创作欲望。面对几近衰落的本地书店市场，我感到本地作家们似乎已经被遗忘在角落里。然而，遇见安娜塔西娅让我重新燃起了对写作的热情，也使我更深入地理解了人们在面对苦难和不公时所展现出的坚韧。我希望艾薇的故事能为我的按摩体验画上一个愉快而充满活力的句号。我的预约时间是十点钟，而现在已经是九点半了。时间有些赶，我需要立刻出发才能准时抵达。

三十分钟后，我到达了外交官酒店，我的专属停车员一眼就看到了我的车，立刻迎了上来帮我停好。今天早上电梯口会有人来迎接我吗？没想到的是，艾薇和米亚都穿着贴身的运动服在那里等着我。她们身材的完美曲线流露无遗。我感觉我的眼珠子都快要迫不及待得从眼眶里蹦出来，想要更近距离地欣赏她们。我开玩笑地说：“女士们，你们有没有看到一对眼珠子滚到你们这里来了。”

“是的，约翰逊先生，”艾薇回答说，“我刚刚还在问米亚那会不会是你的眼珠子。”

“那么，艾薇，如果你不介意的话，我现在要把他们捡起来放回原位了。” 我笑着说。

“早上好，伊森。我想对上周四未能按时赴约向你道歉。我有一些个人事情需要处理，” 米亚充满歉意地说。

“我理解，米亚。我们都需要把私人的情况安排妥当。那么，我今天是要接受两次按摩吗？”

“不，伊森。艾薇愿意协助我为你进行一次四手合一的按摩。有时候我们会为部分客户提供这项服务。”

“好的，既然你们两位美丽的女士愿意，那就请尽情地用你们的两对双手帮我舒缓运动带来的紧张和疲劳吧。” 我向他们挤了挤眼睛。

我随着两位女士来到了前台。

“早安，桑尼，”我带着满满的笑容打招呼。

“早安，约翰逊先生。你今天的心情似乎特别好。”

"确实如此，我很开心。因为我今天有幸有两位美丽的女士会为我做四手合一的运动按摩。"

"你还有另一个好消息。你的最后一次按摩服务是免费的。" 桑尼热情地告知我。

"太好了，谢谢你。这两位美丽的女士现在可以带我去按摩室，好好的帮我舒展一下身体了。"

米亚笑着说："你真是个有趣的人。跟我们走吧，等你到了按摩室，你就不会觉得这么好笑了。"

"米亚只是在开玩笑，约翰逊先生。除非你需要我们帮你整理一下骨骼，否则我不会让你感到任何不适。" 艾薇微笑着补充说。

两位女士带着我穿过双扇门，进入了按摩室。艾薇就像希腊神话中的女神一样美丽，用轻柔的声音指导着我如何准备。

"约翰逊先生，请脱掉你的衣服，将它挂在墙上的衣架上。然后换上这条短裤。如果你有运动带来的伤病，我们通常会让你先在热水浴缸中浸泡一会儿，但既然你没有，我们就直接开始吧。运动按摩的主要的益处之一是它可以帮助你的肌肉、肌腱和关节在其应有的运动范围内活动，从而保持他们的最佳状态。这种按摩对治疗软组织损伤，如扭伤、拉伤和压力损伤等极其有效。运动按摩会系统性地针对身体的软组织，专注于与特定运动相关的肌肉。运动按摩的动作和技巧旨在帮助运动员达到最佳的表现和体能，降低受伤或疼痛的可能性，并且加快复原速度。所以，约翰逊先生，这些按摩正是你的身体所需要的。"

"我明白了，艾薇。" 我回答道。

"好的，伊森，艾薇正在为按摩做准备，请允许我和你分享我的生活故事。我在堪萨斯州的利文沃思长大。我的父母都是中国人。在我遇到娜塔西娅之前，我如同一艘无锚的船，漂泊在各种工作之间。然而，她向我展示了如何通过做我喜欢的事情来获得工作的稳定性。因为她的帮助，我有机会在网上大学学习计算机专业，我希望有一天能拥有自己的软件公司。然而，最近困扰我的是我既要全职得工作又要同时完成学业，这使我感到压力重重，情绪时常低落，但这只是因为我没有得到足够的休息。" 米亚向我解释道。

"米亚，我希望你在追求你的计算机软件事业的道路上取得成功。" 我真心地鼓励她。

艾薇此时打断了我和米亚的交流，"我要开始做运动按摩了，" 她说，"而且，我也有一个故事要讲。米亚，你能先按照我们之前讨论的方法开始拉伸约翰逊先生的腿吗？" "约翰逊先生，我的故事很简单。我需要钱来偿还债务。但是我一度失去了工作，我听说有一个组织可以帮助我来到美国目，我就申请了，然后很幸运地别录取了。然而，我只会说一点点英语，当时也没有其他更好的选择，而且我的家人没有人能帮助我。当我刚到美国的时候，我每天都在哭，在接下来的六个月里，我被虐待，被利用，甚至被强奸。我的生活就像一个活生生的噩梦。当安娜塔西娅了解到我的遭遇后，来医院看望我。她救了我，为我提供住处和工作机会。由于她的慷慨解囊，我有机会参加英语课程，甚至拿到了绿卡，并申请了美国公民身份，我已经从乔治亚州立大学的技术学院毕业，成为了一名实习护士，下个月我就要开始我的注册护士的培训了。

"哇，我对你们每个人的执着追求和无所畏惧的精神表示钦佩，" 我感叹道。"你们在逆境中表现出的坚韧和勇气令人敬佩。我也经历过艰难的时期。是我坚定的意志力和不愿意成为失败者的决心让我得以挺过来。我为你们感到骄傲，我知道你们所经历的一切都会成为你们走向成功的基石。" 我突然意识到我听到的所有故事似乎都和城市中心墙上的那句铭文相呼应。"因为你，我懂得了爱。"

"嗯，谢谢你，伊森。" 米亚说，"现在到了运动按摩的核心环节了。我会同时进行瑞典按摩，以缓解艾薇对你造成的破坏。"

"米亚只是在开玩笑，约翰逊先生。我只会让你受一点点罪，直到你哭出来。" 艾薇笑着补充道。

随着话语落定，四手运动按摩开始了。米亚首先对我的脚展开了一套全新的足底穴位按压术，应用她独特的反射疗法手法，逐个针对重要的穴位进行刺激。然后，她温柔而有力地抚摩我的腿部，她的手像是在我的腿上翩翩起舞跳，每个舞点都精准的落在我的肌肉上，逐渐将其舒缓放松。

与此同时，艾薇则像是一位画家，从我颈部开始至肩部的肌肉上勾勒出一副完美的肌肉图。然后她站在我旁边，轻柔地抓住我的右臂，从手腕开始，笔触一路上升，到达我上臂。

艾薇和米亚的快速协同作战，就如运动前的热身运动，使我的肌肉开始活跃起来。

"伊森，你看，保持肌肉的最佳状态对于你参与任何运动都很重要，甚至是性爱！" 米亚直言不讳地说。

"米亚！" 艾薇试图纠正她， "米亚其实想说的是，约翰逊先生，肌肉在维持身体健康方面的作用不可忽视。在进行任何运动前适当的热身可以防止肌肉受伤。"

"不，伊森，我说的就是性爱！" 米亚坚持自己的观点。

米亚和艾薇在完成按摩时，咯咯地笑了起来。她们两个的性格都十分开朗，按摩技艺也非常娴熟。这段时间，我一直在思考，她们每一个人虽然经历坎坷，但他们都很幸运地遇到了安娜塔西娅。她像一个创造奇迹的天使。献出了自己的生活，帮助那些需要一些指引就能走上成功道路的人们。这个世界因为她的存在而变得更加美好了。

"伊森，我希望你没有睡着。" 米亚轻声说道。

"我没有睡，米亚。我在想在你们这些在这里工作的女士们还有你们和和安娜塔西娅之间建立的这种深深的连结。"

"是的，伊森，我理解你为什么会产生这种思考。" 米亚感同身受地回答。

"约翰逊先生，我们与安娜塔西娅有一种独特地联系。她是我们的导师，也是我们的家人。她给予了我们无私的爱和理解。让我们真真切切地感受到了善良和慈爱。她帮助我们，但从不怜悯我们。她与我们分享的首要生活准则就是，不再为我们的过去感到羞愧。她告诉我们，我们都有重新开始的机会。我们要认识到自己的能力，从现在开始尽可能地利用生活给我们带来的一切，去创造一个更好的未来。" 艾薇感动地说。

"我完全赞同艾薇所说的，伊森。" 米亚坚定地回应道。

"我明白你们两个的感受。我还有一个问题：你们是不是已经把我的身体大卸八块了？" 我开玩笑地说。

听到我的玩笑，我们都开怀大笑起来。米亚和艾薇为我做了热毛巾擦浴，清除了我身上的按摩油。我整理好自己的衣物，走进更衣室，快速洗了个澡，期待着去和安娜塔西娅见面。

二十分钟后，我换好衣服，向安娜塔西娅的办公室走去。当我走近她的办公室时，我看到她亭亭玉立得站在那里，头发垂在背上。我心跳加速，不禁有些紧张。她转身微笑地向我打招呼。我被她的惊艳所震撼，心跳得更快了。这是我永远都不会忘记的瞬间。我试图向她走过去，但我的脚像是被固定在地上一样动弹不得，我感觉我正站在一位女神面前，她的神圣的光芒正沐浴着凡间的我。

"伊桑，你还好吗？" 安娜塔西娅关切地问道。

"我还好吗？" 我迷惑地问。

"是的，你摔倒了，头撞到了沙发上。让我拿些冰帮你敷上？"

"拿冰，你不是女神吗？" 我愣住了，试图理解她的话。

"我觉得你撞得比我想象得重。我可能需要送你去医院。" 安娜塔西娅说。

"去医院？你在说什么，安娜塔西娅？"

"当我转过身时，我看到你被地毯绊倒，然后身体不受控制地向前冲，一头撞在了沙发上。" 她解释道。

"让我坐一会儿，安娜塔西娅，我会好起来的。我急着来找你，没注意到地毯。我想我现在已经清醒过来了。这点小磕碰不会妨碍我带你出去吃晚饭，我希望有机会更深入地了解你。" 我的语气有些急促。

"好的，伊桑，我很高兴听到你没有大碍。我去拿我准备的点心。然后我们可以一起完成员工评估。" 安娜塔西娅说。

她刚说完，桑尼推着一辆装满水果、零食、肉类和蔬菜的小推车进来了。在米亚和艾薇的四手按摩洗礼后，我确实感到有点饿。像上次一样，安娜塔西娅坐在我旁边，亲切体贴地喂我。

"伊桑，我希望你喜欢水疗中心的体验，我也希望你已经重新找回了写作的热情。我想要向你告白一件事：我有你所有出版的书。我是你的作品的忠实读者。我曾经参加了你在莱诺克斯购物中心的一个签名会。那是一个偶然的邂逅。我站在那儿足足有一个小时。我也不知道为什么，我就站在那里静静得看着你。被你深深所吸引。那是，我还是一个大学生。最终，我鼓足了勇气，走到你的桌前，从你手中买了一本书。那本书现在还在我的书架上。我想，你可以说我们的再次相遇是命运的安排。"

"我明白了，安娜塔西娅。" 我回答道，"我终于知道我为何一直未婚的原因了。我一直在等你。你一直在某个地方照看着我，就像你照看所有为你工作的女士们一样。"

安娜塔西娅含情脉脉地回答道："伊桑，我理解你的意思。来，尝尝这些草莓，它们非常甜。今天早上我特地为你挑选的。我一直致力于为客人提供最新鲜可口的水果。今天早上采购时，我想到了你，想象着我能和你享受每天为你做饭的快乐，让我回想起多年前在购物中心第一次见到你时的感觉。这几周来，我试图掩藏我对你的感情。我想拥抱你，吻你，让你了解我对你的真实感受。然而，我觉得让你参与并体验这次水疗之旅，能帮助你更好地了解我是谁，以及我的工作和在这里工作的女士们对我有多么重要。这样，你可以近距离地体验到我们的运营情况，看到我和女士们之间的深厚情谊，以及她们对自己的工作有多么的尊重和专业。虽然这一行有时会游走在界限的边缘，但我们都尽力不去越界。坎蒂就是一个很好的例子。这些年来，她和我有过很多坦诚的对话。总体来说，她是一个非常好的人，也是一个优秀的按摩师。"

"安娜塔西娅，我非常享受这次旅程，现在我非常期待我们的约会。我希望坎蒂会因为我们开始约会，能够把我从她的候选名单里剔除。" 我回应道。

"嗯，伊桑，我是一个信守承诺的女人。我知道你为了这次约会付出了很多。我希望你能通过这个过程，更加了解我，我的事业以及我和员工之间的情谊。"

"安娜塔西娅，自从我们在市中心第一次邂逅，我一直期待着我们的第二次约会。但是现在看起来，我们已经约会了九次。每个我遇见的女士都让我对你有了更深的理解。她们分享了她们的心酸、苦楚、挣扎、困惑以及喜悦，她们都深深爱着你。我感觉我已经非常了解你了。那么，我们晚餐去哪里好呢？"

"附近有一家位于酒店内的 360 度旋转餐厅。食物还可以。我总幻想着我们能坐在那里，在烛光下享受晚餐，同时欣赏城市全景。我之前去过那里几次。但是这一次，将会是很特别的一次。" 安娜塔西娅眼睛里充满着期待。

"好的，安娜塔西娅，我应该何时来接你？"

"我希望你能在今晚 8 点在位于威斯汀酒店顶部的日晷餐厅见我。我已经为我们安排了一个美好的晚餐。请允许我以此表达对你的耐心等待的感激之情。我已经期待这个晚上很久了。我希望这会是一个完美无缺的夜晚。另外，我还要去做个头发和美甲。你今晚值得最好的礼遇，我希望我能尽可能打扮得漂亮些。"

话音刚落，安娜塔西娅走到我面前，吻了我的下唇。她的身体紧贴着我，她的手指在我身上流连，仿佛知道每一个能够触动我心弦的地方。我们紧紧相拥，像是重新点燃了我们初次相遇时的火花。她深深地吻我，我感到她的舌尖在我的嘴中舞动，仿佛是我自己身体的一部分。她的胸部紧紧地贴着我的胸口，仿佛在寻找一个安全的避风港。我愿意给她们一个舒适的港湾。她的盆骨离我很近，但却还没有亲近到成为我身体的一部分。那是一个超现实的瞬间。我们内心的激情指引着我们的欲望，像静静的溪流，悄然流淌。然后，就在一切即将开始的那一刹那，安娜塔西娅突然抽身远离我，握住我的手，用她的舌头轻轻抚过我的唇角。我站在那里，像个初尝吻糖的少年，眼睛微闭，身体向前倾，渴望更多的亲昵。她的手轻轻滑过我坚硬的私处，然后推我出了房间。她需要一些时间来为我们的晚餐做准备。

"我会在八点准时到达，伊森。尽量不要迟到。"

"我会准时的，"我轻声回应，随后离开了办公室，步入大厅，桑尼在那里笑得像个开心的孩子。

"再见，约翰逊先生。希望很快再见到你。"

"再见，桑尼。我相信你很快会再看到我的。"

我缓步地走向电梯，试图恢复体力和精神，以便有力气走出大门。我回头望去，只见大厅空荡荡的。这些墙壁承载着她们生活中的所有美好。我按下电梯按钮，电梯门缓缓合拢，我的按摩之旅在此刻画上了句点。在我心里，这段旅程的结束如同一段优美曲线的尾声，缓缓地在我的心中回荡，然后慢慢淡去。那些美丽的秘密，像是一首未完成的诗，我只读过一部分，余下的被那些墙壁静静地保留下来。我知道，那些是属于她们，同时也属于我。

第十二章

约会

当时针安静地滑过七点钟，我知道我必须尽快出门。整个午后在安娜塔西娅办公室里发生的一切，预示着我和她的这次约会将非比寻常，这一晚，注定是我们感情的新起点，我对这个约会充满了各种遐想和强烈的渴望。

我轻轻地打开衣柜，取出为晚宴准备的那件夹克，步履稳重地走出了家门。驱向威斯汀酒店只需一段短暂的车程。此刻，州际公路上的车流稀疏，周二的夜晚静谧得如诗如画。我沿着州际公路前行，我格外小心，以确保警察不会在我驶向人生重要节点的路途中把我拦下。

大约三十分钟后，我来到了威斯汀酒店的门前。我听到弗兰克·辛纳屈的音乐从酒店前的扬声器中缓缓流出。我几乎不敢相信自己的耳朵，但我并没有让这些情思打乱我的步伐。当我下车时，一个穿着整洁的停车员用我名字向我打招呼。

"晚上好，约翰逊先生。我会把您的车停到我们的VIP停车区。这是您的取车票据。所有相关费用都已由酒店的一位贵宾预先支付。如果您有任何问题，欢迎随时向前台咨询。"

"谢谢您。"我惊愕且愉快地回应，得到如此周到的接待，我感到惊喜之余，内心充满期待。穿过酒店的滑动门，我向电梯走去。我看到安娜塔西娅已经在那里等待，她宛如好莱坞的女星，吸引了我的所有目光。她的秀发如瀑，轻柔垂落，她涂着我最喜欢的红色口红，这种深邃而热烈的红色与她身上同样红色的连衣裙相映成趣，连衣裙贴合着他的身体，衬托出她婀娜的身姿，每一寸曲线都完美诠释着女性的优雅。这一切，似乎在暗示着某种无法言喻的诱惑和期待，那是一种只有深入了解她，才能理解的承诺。

我轻轻地走向她，希望在她发现我之前，能给她一个惊喜。然而，就在我将要接近她时，她却突然转过头，我们目光在那一刻相遇，这一期似乎把我带入了一个全新的世界。酒店大堂的灯光、镜子和那些衣着华丽的人们，一切都显得格外迷人。

"伊桑，希望你为我们的约会做好了准备。" 她和我十指相扣的交谈着。

"安娜塔西娅，这次约会我期待已久。我感觉我仿佛回到了青涩的初恋。我一进大堂，就看到你的身影，我的心跳瞬间加速。我本想悄无声息地走过来，给你一个惊喜，但被你发现了。既然我们都在这了，我们开始吧。"

"好的，伊桑。"

我们一同步入电梯。安娜塔西娅宛如一片红叶，轻飘飘地依偎在我身旁，仿佛那次在可口可乐博物馆里的情景又重现眼前。她的眼睛深深地凝视着我，那眼神充满了爱慕和欣赏，仿佛在寂静的电梯间播放出一支热烈的交响曲。我无法抑制内心激荡的情感，我让她更靠近我，我的手自然地搭在了她的腰间，她身上的那股淡淡的香气使我感到一种难以名状的甜蜜。我正准备深深地吻她，而她却以更大胆的举动抢先了一步。她柔软的舌尖似羽毛般轻柔地探入我的口中，满含甘甜，她仿佛在我的世界里游历，细致地触摸每一个角落，缓慢得接近我口中的最深处。电梯在我们亲吻的过程中缓缓上升，那些冷硬的钢铁和光滑的玻璃在我们两个人之间构筑了一个不可侵犯的秘密空间。

电梯的上升似乎带来了一种奇妙的力量，那力量将我们的唇牢牢的封住，仿佛在这封闭的空间里，我们已经无法，也不再需要呼吸。我们紧紧地拥吻着，忘记了时间，忘记了空间。

我的手在她柔软的身体上游走，触感如丝般滑腻。我的手指滑过她的手臂，滑过她的肩膀，滑过她的背部，每一个触摸都充满了火一般的情欲。我对她的渴望几乎超越了我的理智，我期待稍后能更为亲密地接触她身体的每一寸肌肤。

她的舌尖就像一位技艺高超的舞者，在我口中轻盈地起舞，让我体验到了前所未有的甜蜜和愉悦。她的每一个动作，每一次触碰，都让我无法自拔，深陷入这场只属于她和我的深情的演绎中。

"哇！这实在太刺激了。" 我情难自禁地感叹道。电梯静止下来，我们之间紧密的吸引力仿佛瞬间被释放出来。

"是的，伊桑。我期待今晚余下的时光能更加激动人心。" 安娜塔西娅含情脉脉地说。

我们走出电梯，走向了餐厅的接待员。餐厅里灯光昏暗，氛围宁静而优雅。

"晚上好，安娜塔西娅；今晚你过得怎么样？"接待员亲切地问。

"你好，威廉，我很好。这位是我的朋友伊桑·约翰逊。他是我非常珍视的朋友。我希望我们的关系在未来能有更近一步的发展。"

"晚上好，约翰逊先生。这是你第一次来我们餐厅吗？" 威廉热情地问道。

"不，威廉，我几年前来过。" 我回答道。

"感谢您再次光临。您的服务员会很快过来为您服务。" 威廉微笑着说。

我转向安娜塔西娅，问道："你是不是经常来这里？"

安娜塔西娅点点头："是的，我偶尔过来坐坐，主要是被亚特兰大的美丽夜景所吸引。我喜欢在这里独自享用晚餐。这家餐厅是一个放松心情，放空思绪的绝佳地点。今晚，我想与你分享这个对我而言很特别的地方。"

我们相对而坐，安娜塔西娅开始缓缓地讲述我们初次相见的情境。"其实，我第一次在市中心看到你，就是我去立那个铭文的当天。每个公司都对亚特兰大市中心的翻新项目做出了贡献，我们被给予了一个放置广告的位置。我花了很久的时间来思考广告的主题。我的公司位于大使酒店内，生意一直很好，因此，我不想浪费这个机会只是放置一条普通的广告。一年前，在水疗中心的女士们送给我一个非常特别的生日礼物，那份深深的情谊让我感动，我决定要与整个亚特兰大分享这份感动。"说到这里，安娜塔西娅的声音有些哽咽；她轻轻地擦着眼角的泪水，努力让自己镇定下来。我能感受到她的情绪，内心的爱意犹如窗外的微风一样轻柔的流淌。

"请原谅我的失态，伊桑。" 安娜塔西娅道歉说。"我为我的员工和他们的爱心礼物感到无比自豪。那正是我这些年所努力追求的。在我的生日派对上，她们赠给我一块牌匾，就是你在我办公室墙上看到的那块。你在市中心读到的那个铭文就是出自那块牌匾。'因为你，我懂得了爱。' 当我第一次看到你坐在那个铭文前的长凳上时，我更加确定我需要和整个城市分享那个铭文。我想让亚特兰大的人们知道，每一天，他们都会遇见怀有善意的人们，而每一次这样的相遇，都会使人们学会如何去爱，如何变得更懂得爱，以及如何将他们的爱分享给这个世界。就像我帮助我的员工们，给她们新的开始，而她们接受了这份爱，重建了她们的生活。作为回报，她们送给我一个深深触动我内心的牌匾，我将她们对我的爱，我对这个城市的爱，以及我对那个我透过窗户看到的男人的爱，全部分享出去。我也希望有一天那个男人会爱上我。" 安娜塔西娅深情地讲述着。

那一刻，我们都用纸巾擦去眼角的泪水。我为自己成为那个铭文故事中的一部分而感到高兴和感激。我开始明白为何她想通过水疗中心的旅程让我理解这一切。我明白了去见每一位女士，听她们的故事为何如此重要。

我们的情绪慢慢稳定下来，我们品尝了美味的菜肴和令人陶醉的葡萄酒。我们讨论了她在迈阿密扩展业务的计划，她打算为其中一位女士提供一个管理职位的机会。她提到所有的女士们都有自己的计划，都期待着新的生活。她将继续寻找需要帮助的女性，为她们提供避风港，给她们一个新的开始。在晚餐期间，我目不转睛地看着安娜塔西娅，聆听她的每一句话。我被她的美丽以及她脸上映射出的那种温柔而执着的光芒所吸引。虽然房间的灯光很暗，但她脸上泛出的光却如此明亮，如此让人心动。

"伊桑，我准备好吃甜点了，你呢？" 她问到。

"好的，安娜塔西娅。你想要什么？我来点。" 我开始翻看菜单，准备帮她点甜点。

"我并不是这个意思，伊桑。" 她说着，从包里拿出了酒店的房卡，递给了我。

我接过她手中的房卡，迅速地示意服务员买单。服务员告诉我账单已经结清了，包括小费。我牵起安娜塔西娅的手，带着她走向电梯。

在等电梯的过程中，我们遇到了另一对情侣。他们两个人同样十指相扣，相互之间充满了爱意。我们彼此默默的打招呼，交换着会心的微笑，看着他们，我心中充满了喜悦，仿佛在他们的脸上看到了我和安娜塔西娅的未来。

当电梯来到时，我们一起进去，按下了行政套房的楼层。当电梯门打开，我们向那对情侣挥手告别，他们回以友好的微笑。他们的存在，就像是我们关系的一面镜子，让我感受到我们之间的连接已经变得如此真实。

我们很快进入了预定的套房。我简直无法相信房间既然如此宽敞。套房内设有两个洗手间，两个卧室，一个起居室和一个餐厅，装饰得精致华美。桌上摆满了新鲜的水果，而且还准备了各种葡萄酒、威士忌和啤酒。我问安娜塔西娅她想要什么，但我已经知道她会说什么。

"伊桑，此刻我只想要一样东西，那就是你。" 她深沉地说。

我们将灯光调暗，安娜塔西娅和我走到吧台。我们分享了一杯葡萄酒和一些草莓。我们用嘴唇将食物相互传递。我试图快速吞下它们，以便能和她的双唇水乳交融。

"伊桑，靠近我们进来的门那间卧室是主卧。"

"我知道，亲爱的。一会儿我们就会享用它了。"

我轻咬下安娜塔西娅唇边的最后一颗草莓，那是她舌尖甜蜜的味道，我痴醉在无尽的欢愉中。她紧紧地抱住我，向我暗示主卧的方向。我们一件件地褪去衣物，每一件都像是一块引导我们回到甜蜜瞬间的路标。我全身心地去探索安娜塔西娅身体的每一寸肌肤，渴望触碰她的每一根发丝，她优雅的颈部，她耳朵的柔软，她的下巴，她的鼻子，还有她的眼睛。我渴望感受她肩部的丝滑，她的手臂，以及她胸部的温软。我用手指、唇瓣和舌尖在她身上不由自主得游走，感受着她身体的每一寸温度。

同时，我更加强烈得感受到安娜塔西娅爱的气息，以及她想与我一起融为一体的激情，我对她的一切毫无抵抗。她柔软的肌肤在我指尖下的感觉令我陶醉。她胸部的起伏就像最甜美的盛宴。她身体的每一个曲线和轮廓都像是一部等待我去探索的小说，我像一个热切的读者，渴望沉浸在每一页中。

她的手指在我背部的轮廓上轻轻游走，让我全身的肌肤都因预期的愉悦而颤抖。她眼中的神情充满了纯粹的欲望，那种炽热的程度，与我自己的完全匹配。我们一起移动，渴望融为一体的激动充满全身，每一个触摸和亲吻都是对即将到来的一切的承诺。

她唇间的味道就像世间最醇厚的葡萄酒，让人陶醉而甜蜜，我发现自己迷失在她深邃的目光中。我们的呼吸在我们一直等待的那一刻停滞了。我们变成了一体，身体和灵魂在超越物质世界的亲密舞蹈中相互交织。

我们爱的节奏是房间里唯一的声音，每一拍都是对我们共享的激情的见证。这是一种自时间始祖就有的舞蹈，但这一曲舞只属于我们。当激情达到顶点时，我们紧紧相依，浪潮在我们身上的愉悦的翻滚着。

在我们共享的欢愉的余辉中，我们互相缠绕，呼吸轻轻地在房间内回响。她的香气弥漫在我的唇间，她的身体紧密贴着我，她的爱环绕我周身。所有这一切都在告诉我，她就我的归宿。当睡意袭来，我紧紧地拥抱着她，感受着她与我同步跳动的心跳，那是世间最美妙的乐章。

清晨的第一道阳光透过窗帘的缝隙洒在我们相互依偎的身体上，使我们的肌肤在柔和的光线下闪烁着光芒。她的眼睛慢慢地睁开，那双我熟悉而深邃的眼睛中，闪烁着满足和爱意的光芒。我用指尖轻轻划过她的脸颊，她的嘴角微微上扬，露出诱人的笑容。

"伊桑，早餐已经准备好了，"安娜塔西娅的声音伴随着淋浴间的水声飘进我的耳中。我迅速穿上我的内裤，走向另一个卧室旁的淋浴间。水流冲刷着我，我沉浸在这个和煦、舒适的时刻。同时思考着我正在经历的这种美好的感觉。我问自己，我是否已经找到了我的灵魂伴侣。安娜塔西娅虽然比我年轻几岁，但在智慧和成熟度上，我们不相上下。她似乎就是我一直在寻找的那个人。我开始幻想，幻想鼓足勇气，单膝下跪向她求婚的庄严时刻。

"伊桑，亲爱的，别让食物等着你。"

"我马上就好，亲爱的。" 我回应道。

我准备好迎接新的一天，接下来的每一分钟都充满期
待。一切都才刚刚开始，而我愿意投身于这个美好的
开始，去探索一切未知的可能。

第十三章

如果没有你，
我们不会懂得爱

今天是一个灿烂的星期天。我打算叫醒安娜塔西娅，帮她换上衣服。我们计划在中午的时候，到亚特兰大市中心去见我们的孙子们。我很高兴他们现在能自己开车，不再需要我们长途跋涉去接送他们。

前几天，我与坎蒂进行了一次深度的交谈。她的手部护理和水疗服务在乔治亚州享有盛誉。她甚至被亚特兰大日报-宪法报采访并报道，这无疑是对她的一种认可。她的丈夫是个热心肠的人。我安娜塔西娅是他们三个孩子的教父母。回首过去，我很高兴在安娜塔西亚从那次迈阿密回来后，坎蒂把我的名词从她的候选人名单上剔除了。

上次在勇士队的比赛上，我和安娜塔西娅遇到了珍尼弗，她正陪着她的丈夫和两个女儿看比赛。珍尼弗和她的丈夫共同拥有一家我们每周六都会去光顾的四星级中餐馆。她曾经开过一个足部按摩院，后来遇到了现在的丈夫，从此就一直在经营他家族的生意。

我和安娜塔西娅一直支持着那些勇于冒险的女性，尤其是他们的商业冒险。前几天，我收到一封邮件，当我看到是来自安娜和薇琪的信时，我倍感欣慰。安娜实现了她一直以来的愿望，成为了一名护士，而薇琪也在做护理工作。听说她们经常一起见面。这两位女士都为他们的社区做出了巨大的贡献，她们都找到了深爱她们的好男人，现在都已经步入了婚姻的殿堂。在过去的生活中，她们虽然都经历了漫长的的探索，但是最终都找到了彩虹尽头的幸福。

安吉拉和米亚一起回到了堪萨斯。她们合伙开设了一家网络工程公司。米亚专注于为医疗设备编写软件程序，而安吉拉则负责与公司的其他成员一起安装硬件设备。令人欣喜的是，这家公司在短短两年内就从只有两名员工，发展到了拥有五十名员工的规模。更为出色的是她们都找到了自己的人生伴侣并步入了婚姻的殿堂，儿女双全。我对她们的成就感到无比骄傲，就像她们是我自己的女儿一样。

朱迪已经回到中国。我们时不时地相互通信问候。她和她的妹妹住在一起，过上了退休的安逸生活。她选择独身，并一直抚养和照顾她的父母直到他们耄耋之年。

让人意想不到的是艾薇和桑尼现在都投身于音乐行业。他们的歌唱事业前途光明，谁曾想到他们的嗓音如此美妙呢？他们有一天晚上在卡拉 OK 俱乐部唱歌，碰巧有一个音乐制作人在那里。他当场就招募了他们，从此他们的音乐生涯开启了新的篇章。现在，他们为其他音乐人创作并制作音乐，偶尔还会回来看望我们。与超级明星熟识，真是一种奇妙的体验。总的来说，我为他们每个人的成功感到欢欣鼓舞。

"伊桑，你做早餐了吗？" 安娜塔西娅问道。

"是的，亲爱的，就像你过去二十五年喜欢的那样。热燕麦粥加肉桂，红糖和葡萄干。烤面包涂上了一点黄油，旁边还有一点果冻。我为你榨了新鲜的橙汁，并过滤掉了所有的果肉。你想让我在床上为你服务，还是想来厨房享受这美丽的阳光？

她说："我会马上出来的。让我先把鞋子穿好。吃了早餐，我们就去市中心看看我们的孙子孙女们。我为我们培养出如此优秀的孩子感到高兴。他们给了我们一生都值得珍藏的快乐。"

"来吧，别让早餐等你。"

安娜塔西娅毫不费力地走进了厨房，享用了我为她准备的早餐。我一边欣赏着她慢慢品味每一口食物的样子，一边细品我手中的咖啡。虽然过去了这么多年，我依然深深地爱着这个曾经邀请我陪她去可口可乐博物馆，让我给她的办公室打电话，以及和我分享她的人生故事的女人。我深知，如果再给我一次选择的机会，我依然会毫不犹豫地选择她。

"好的，伊桑，我准备好出发了。"她甜蜜的说着。

"让我找找我的车钥匙，安娜塔西娅。"

我帮助安娜塔西娅上车，并把她的拐杖放在后座。几年前，她遭遇了一场严重的车祸，她的腿自那以后就不如以前利落。医生在她的腿骨中安装了钢钉，我花了大量的时间来照顾她。这是我每时每刻都乐意做的事情，但她总是坚持认为她可以独立应对。

不久后，我们抵达了亚特兰大市中心。走过一个街区，我们来到了我们初次见面的那句铭文前："因为你，我懂得了爱。"当我们走近时，我看到孙子孙女们正在和周围的人欢声笑语，一看到我们，他们立即向我们奔跑过来。

"嘿，奶奶和爷爷，看看谁在这儿！"

出乎我们意料的是，我们看到了所有这些年以来安娜塔西娅帮助过的女士们以及她们的丈夫和孩子们一起站在那里。那一刻充满了喜悦，我们的眼泪模糊了视线。安娜塔西娅站起来，眼泪在脸颊上滚落，她向每个人打招呼。坎蒂从人群中走出来，她手中拿着一块要赠给安娜塔西娅的纪念牌，这比她们多年前赠给她的那块更具深意。纪念牌上刻着，"致我们所有人的母亲：如果没有你，我们不会懂得爱。"在纪念牌的中央镶嵌着每位女士的签名。当安娜塔西娅和坎蒂深情相拥时，人群再次淹没在眼泪中。

一早的激动人心在大家一同前往珍妮弗的餐厅享用完午餐后画上了圆满的句号。坎蒂为大家在外交官酒店安排了住宿。如今，她正跟随着她的导师的足迹，引领着那些需要保护和援助的女性开始新的生活。

面对生活的漩涡，我深感自豪能在旅途中遇到如此不屈不挠、充满智慧的女士们。她们不仅帮助我找到了我此生的伴侣，更向我揭示了生命的本质和爱的无穷力量。这段旅程，这份选择，我无怨无悔。每个回忆，每个故事，都成为我珍视的宝藏。我对她们怀有深深的敬仰和感激，她们如我人生的一盏灯塔，照亮我前行的道路，让我对生活充满了无比的热爱与尊重，感激与珍惜。

About the Author

关于作者

Cindy Li 是一位执着的作家，她在早年便发现了对文字的热爱。凭借在创意写作方面的坚实基础，晨迪精炼了她的讲故事能力，塑造了一种能吸引和俘获读者的独特声音。

Cindy Li 在三十岁时，只身一人从中国北京来到美国洛杉矶。在佩珀代因大学获得教育和心理学学位后，晨迪的学术背景对她的文学事业产生了显著的影响。

她的专业知识涵盖了广泛的体裁，如小说、非小说和散文，展现了她通过文字与观众产生共鸣的能力。

除了她的创意写作外，Cindy Li 还积极分享她对教育、育儿和心理健康等主题的知识和观点。她发人深省的文章吸引了一批忠实的读者，并引发了有意义的讨论。

在编织吸引人的故事之余，Cindy Li 喜欢探索自然，追求她对摄影的兴趣，并在厨房里尝试新的烹饪创作。作为一个坚定的终身学习者，她不断寻求新的经验和知识，以丰富她的写作和个人生活。

www.ingramcontent.com/pod-product-compliance
Lightning Source LLC
Chambersburg PA
CBHW031304060726

47590CB00003B/1050